UN ONCLE À HÉRITAGE

Les ouvrages publiés de Madeleine Chapsal sont cités en fin de volume.

Madeleine Chapsal

Un oncle à héritage

divertissement

Fayard

© Librairie Arthème Fayard, 2005.

On en trouve encore, dans la belle campagne française, de ces demeures qui ont résisté au modernisme du temps. Il n'y a pas que les pierres, les murs et les toits qui ont gardé intact le charme d'autrefois ; subsiste aussi le mode de vie : dans ces maisons-là, on se sent comme forcé d'habiter à l'ancienne. Rien que la distribution de l'espace y prédispose : vastes pièces, fraîches l'été, calfeutrées l'hiver, fenêtres et portes-fenêtres à petits carreaux encadrant comme des tableaux ce que l'on aperçoit du parc et du jardin, grandes cuisines si bellement aménagées, avec leurs batteries de cuivre et leur cheminée monumentale, qu'on se complaît à y tenir tablée, corridors ornés de portraits d'ancêtres et où les pas résonnent clair sur le carrelage.

Mais ce qui ramène le plus au temps où vivre dans l'une de ces vieilles demeures françaises offrait quelque chose de royal – les serviteurs s'y comptaient par nuées, et impeccablement dressés –, c'est le mobilier.

D'eux-mêmes les meubles imposent une hiérarchie : fauteuils d'un côté, tabourets de l'autre, maîtres et valets y ayant chacun leur place strictement définie. (Aujourd'hui encore, imagine-t-on une « bonne » dans le fauteuil – le trône – du maître ?) Rien qu'à voir qui s'assied où, on savait sans se tromper de quel côté était le pouvoir, ainsi que l'argent. Depuis, l'un comme l'autre se sont certes mis à fondre, jusqu'à disparaître, mais le mobilier, fût-il bancal et râpé, continue de manifester et d'imposer la différence du rang.

Ainsi l'immense bergère dans laquelle se trouve présentement assis, quasiment couché, Robien de Condignac, propriétaire des lieux, un petit manoir du XVIIe siècle à tourelles et pigeonnier remontant au XVe, indique sans conteste qu'il est le maître !

À cette heure vespérale, par la fenêtre donnant sur l'ouest, le soleil lance quelques rayons obliques qui font rougeoyer les motifs usés du tapis d'Aubusson et luire le verre et la carafe posés sur le guéridon d'acajou proche du vieux monsieur. S'y trouvent aussi un bloc de papier et un stylo-bille. Robien tend une main aristocratique, presque diaphane, pour s'en emparer, mais la table est trop loin, et, n'y parvenant pas, il laisse retomber le bras.

Belle couronne de cheveux blancs couvrant la nuque, yeux d'un bleu laiteux, un rien globuleux, dentition jaunie par la nicotine mais complète, veste d'intérieur d'un rose fané, d'autant plus chic, le baron de Condignac pourrait figurer sans déparer parmi les portraits de sa galerie d'ancêtres.

Il murmure pour lui-même : « Charles a dit : "Tu dois le faire, sinon…" Sinon, quoi ? Que peut-il m'arriver de pire que ce qui m'attend incontinent… ? » Il rit : « Et quand je parle d'incontinence… »

Il lui arrive de plus en plus souvent de causer tout seul, comme ceux qui, ne parvenant plus facilement au bout de leurs gestes, se contentent au moins du plaisir de manipuler le langage. Jusqu'à en abuser !

Mais Robien est un entêté : il a adoré n'en faire qu'à sa tête, à sa façon, envers et contre tous. Il avance à nouveau la main, fait tomber le papier, le stylo-bille, heurte le verre qui roule au sol et se brise…

Au bruit, on accourt de cette démarche hâtive et saccadée qui n'avance guère et dénote quelqu'un de plus tout jeune : Jéromine.

Courts cheveux gris permanentés, robe imprimée à petits motifs comme on en trouve sur les marchés ou à la foire, chaussures noires à talons bas et à lacets, aucun bijou sinon sa médaille de communiante et une broche à l'ancienne pour fermer son décolleté : l'image même de la vieille bonne dont la tenue, qui se veut à la fois stricte et du goût du jour, révèle qu'elle ne se prend pas pour une servante, mais pour une personne à part entière. Laquelle a ses droits, aura sa retraite, chérit son indépendance. La grommelle en toute occasion :

— Qu'est-ce qui vous arrive encore ?

— Je ne l'ai pas fait exprès…

— Exprès ou pas, vous pourriez sonner quand vous avez besoin de quelque chose !

— C'est ça le plus dur, Jéromine : je ne fais plus rien exprès… Ce qui m'arrive, c'est par hasard ou par inadvertance, ou parce qu'on m'en a donné l'ordre. Pour ce qui est de mes ordres à moi, comme prendre du papier pour écrire, tu vois, je ne peux même plus y obéir !

Jéromine hausse les épaules, réunit les restes du verre brisé. Ramasser derrière « eux », elle sait faire, elle a l'habitude :

— Le docteur a dit que vous deviez vous reposer. Il a raison. Il serait temps.

— Temps de quoi ? D'obéir aux ordres des autres, à ceux du docteur, aux tiens ? Et les miens, alors ?

– Il serait temps que vous preniez enfin du bon temps. Vous avez tellement travaillé... Depuis que je suis ici, je vous ai toujours vu levé avant les autres.

– Le pire, maintenant, c'est qu'ils vont se coucher sous terre avant moi... Tu te rends compte : j'ai perdu ma femme, la plupart de mes amis, maintenant c'est mon chien qui est là-bas, dans le jardin, au pied du rosier... Il me reste quoi ? Rien.

– Il vous reste votre neveu et votre nièce, et vous ne pouvez pas dire que ce n'est rien : ils tiennent assez de place ! À propos, ils se sont annoncés pour le déjeuner, il faut que je m'en retourne à ma cuisine... Vous avez aussi votre nièce, Laurraine...

– Elle ne vient me voir que lorsqu'elle a besoin d'argent.

– C'est forcé, vous êtes un oncle à héritage ! Et puis, il vous reste un tas de choses en sus des gens : l'appartement à Paris, les tableaux, les bronzes, les bijoux de Madame, tout votre argent, sans compter celui qui est dans vos « paradis » !

— Toi aussi, tu as fait l'inventaire ! Comme le notaire que m'a envoyé Charles...

— C'est juste pour vous consoler de votre « rien ». Et puis, mieux vaut être riche et malheureux que malheureux et pauvre... C'est ma grand-mère qui disait ça : mais elle, elle était pauvre et heureuse...

— Ça m'aurait bien plu !

— C'est que c'est pas si facile : il y faut beaucoup de travail...

— Mais tu m'as dit que j'avais beaucoup travaillé...

— ... du travail d'amour ! Ciel, on sonne à la grille ! Ce doivent être monsieur Charles et son Évelyne. Et moi qui n'ai pas mis mon ragoût au feu... Je deviens gâteuse !

Emportant la corbeille à papier avec les débris du verre brisé, Jéromine sort aussi vite qu'elle peut. À nouveau seul, Robien tape le sol du bout de sa canne : « Si seulement je pouvais l'être, gâteux, ne plus me souvenir de rien ni de personne... Une chose est sûre : si je le fais, ce maudit testament, ils me feront aussitôt piquer comme on a piqué le chien...

Ils ont expliqué qu'il ne servait plus à rien, puisqu'il n'aboyait plus... »

Voix sonores dans le hall, pas impérieux dans le corridor. Tandis qu'ils se rapprochent, Robien cherche sa couverture et la ramène sous son menton comme pour se mettre à l'abri.

Surgit un homme d'une quarantaine d'années qui parle fort comme s'il s'adressait à un sourd. Derrière lui, une femme plus jeune, d'un blond décoloré, habillée dans un style plus voyant qu'élégant. Les neveux.

– Alors, mon cher oncle, il paraît qu'on se sent mieux, ce matin ? On s'est bien réveillé, on a pu écrire...

Après avoir dévisagé le couple d'un œil qui reste affûté, Robien ferme à demi les paupières, ramène ses deux mains sous la couverture, s'exprime d'une voix faible en appuyant sur le « on » :

– *On* est fatigué...

– Écrire fatigue toujours un peu, mais on se sent tellement mieux après. Je peux vous l'assurer, pour le faire souvent !

– Mais je n'ai pas encore l'intention de reposer en paix !

Charles repasse à l'attaque :

– Le notaire te l'a dit : un bon testament dûment enregistré, ça soulage...

Là, Robien commence à s'amuser ferme :

– Tu parles de ça comme d'aller à la selle ! À ce propos, ce n'est pas le rêve, pour moi, en ce moment. Ma petite Évelyne, vous ne m'aviez pas parlé d'un bon bouillon laxatif, à la sauge, aux queues de cerises, je ne sais plus... ?

Charles se fait sévère :

– Oncle Robien, pourquoi détournes-tu la conversation ?

– Moi ? Mais je ne fais qu'aller dans ton sens, mon cher neveu ! Tu me demandes comment je vais ? Eh bien, je te dis comment je ne vais pas...

Le neveu est excédé. Rien de plus enfantin qu'un vieillard quand il s'y met !

– Tu trouves ça drôle de tourner autour du pot... ?

Le mot achève de mettre Robien en joie :

– Autour du pot de chambre, hé-hé !
– L'as-tu fait, ou non ?
– J'aimerais bien, mais, aujourd'hui, je n'y arrive pas !

Il s'est pris le ventre à deux mains.

Évelyne revient à la charge :

– Mon cher oncle, c'est vous qui dites que vous êtes fatigué, ça n'est pas nous...
– Je suis fatigué, peut-être, mais pas jusqu'à en mourir !
– Si j'étais toi, j'aimerais savoir que mes affaires sont bien en ordre !

La femme qui exhale Angel, un parfum si à la mode qu'il en devient anonyme, s'est approchée du vieux monsieur pour lui déposer un baiser – non rendu – sur le front. Elle en profite pour tâter le plaid :

– Quelle belle couverture, mon oncle, c'est du cachemire... Ça ne l'abîme pas, de rester comme ça sur vous ?

L'oncle marmonne :

– Ça n'est pas fait pour durer !
– Qu'est-ce que tu dis, oncle Robien ? s'enquiert le neveu qui va et vient dans la

pièce, considérant une fois de plus son contenu, qu'il connaît par cœur : les tableaux, les objets disposés dans les vitrines, les vases, les reliures de la bibliothèque. Une sorte de prise de possession anticipée...

– Je dis qu'on n'en a plus pour longtemps, la couverture et moi.

Charles et Évelyne s'entre-regardent. Faut-il insister ? Ce serait peut-être plus prudent...

– Et tu l'as fait ? interroge le neveu en jetant un coup d'œil sur les papiers posés sur le guéridon.

Cette fois, Robien mime la surdité, la main en cornet :

– Quoi ? Que dis-tu ?

Ce qui oblige Charles à forcer la voix :

– Mais tu sais bien, ça fait quinze jours qu'on en parle ! Ton tes-ta-ment !

Une malice éclaire le visage du vieux monsieur :

– Ah, mon testament ! Est-ce bien nécessaire ?

Cette fois, c'est Évelyne qui reprend la parole, car rien ne vaut dans certains cas la sollicitude féminine :

— Mais c'est vous qui dites que vous êtes fatigué, mon bon oncle ; c'est juste pour que vous puissiez reposer en paix qu'on vous demande de mettre vos affaires en ordre...

— Mais elles le sont, il n'y a pas un sou qui dépasse... Si le fisc vient y fourrer le nez, il ne trouvera rien à redire, tout est noté, répertorié, accessible. Les clés de mes coffres sont dans le tiroir, là-bas...

Malgré eux, Évelyne et Charles jettent un regard vers le bureau et ses multiples tiroirs.

— Justement, oncle Robien, ce serait trop bête que le fisc profite de tout ce que tu as si durement gagné...

— Ce n'est pas moi qui fais les lois ! Et qui d'autre, d'après toi, devrait hériter ?

Par la porte restée entrouverte, une voix fraîche semble répondre à la question :

— C'est moi !

Rien n'est plus étrange, pour ne pas dire surréaliste, bien que personne n'ait l'air de s'en rendre compte, que la juxtaposition de plusieurs générations dans l'instant présent. Des petits, des moyens, des grands, des jeunes, des vieux, tout ça mélangé en un même lieu, une même pièce, quand ce n'est pas dans un même lit... Que font-ils ensemble ? En fait, pas grand-chose, si ce n'est s'entrechoquer...

Laurraine, qui vient d'entrer, porte allègrement ses plus de trente ans et c'est un plaisir renouvelé pour Robien que de la contempler. Elle n'est tellement pas comme les autres ! Hors de son monde à lui, en tout cas. Déjà par le vêtement : jean troué aux genoux, T-shirt serré à manches courtes sur une chemise d'homme froissée à manches longues, poignets non boutonnés, pans lâches. Des baskets trop grandes de trois pointures, le cheveu hérissé – le mot a tout à fait le droit et même le devoir, en l'occurrence, de s'apparenter à « hérisson » –, des bagues d'argent sans valeur à tous les doigts de la main gauche, des yeux bleu-noir de chat siamois et un gros sac de photographe à l'épaule qu'elle abandonne sur le seuil du salon comme un clochard quitte sa besace en pénétrant dans un centre d'accueil.

Face au silence qui l'affronte, Laurraine, au lieu d'avancer, demeure plantée près de son barda :

– Oui, c'est moi ! Vous avez l'air étonnés de me voir… Je n'ai pas voulu réveiller l'oncle en téléphonant. Je me suis dit que mieux valait débarquer juste pour le déjeuner. Bonjour, mon cher oncle, bonjour, mon cher frère, ma chère belle-sœur…

Charles, un peu sec :

– On ne t'a pas entendue sonner !

– C'est que j'ai ma clé : l'oncle m'en a remis une à ma dernière visite.

– C'était quand ?

– Je ne sais plus, il n'y a pas très longtemps ! Oncle Robien, tu ne le leur as pas dit ?

– Ils ne me l'ont pas demandé ! Mais plus souvent je te vois, plus je suis content, ma chère nièce ! Il y a du haricot de mouton, ça te va ?

– Chic ! Celui de Jéromine est le meilleur de la région !

– Alors, aide-moi à m'extirper de mon fauteuil pour qu'on aille le vérifier…

Laurraine s'approche de Robien qui lui ouvre les bras. Baisers échangés, elle tire sur ses deux mains pour l'aider à se mettre debout.

– Maintenant, direction la salle à bouffer ! Donne-moi ma canne !

Mais sa nièce lui offre son bras :

– Tu n'en as pas besoin, tu es encore en meilleure forme que la dernière fois !

– C'est d'avoir tous mes héritiers autour de moi. Ça me ragaillardit ! Tu sais pourquoi, ma Lolo ?

– Parce qu'on va jouer à qui meurt gagne ?

– Oui, à qui va mourir le premier... Si on le raffine encore un peu, ça va devenir le jeu du siècle. À l'attaque, les enfants, fourchette en main !

Tandis qu'ils cheminent le long du corridor, Évelyne et Charles, restés un peu en retrait, échangent des regards consternés.

– Tu crois qu'elle est dangereuse, cette bécasse ? chuchote Évelyne à son mari.

– Et comment ! Tu as vu comme elle le caresse dans le sens du poil. Sans compter qu'elle est sans...

– ... sans quoi ?

– Sans le sou et, de plus, sans enfants !

Dans son énervement, Charles a parlé plus fort et Robien a entendu le dernier mot.

– À propos d'enfants, demande-t-il sans se retourner, que devient votre tripotée... pardon, je veux dire : vos triplées ?

Ils sont arrivés dans la salle à manger et Évelyne, debout derrière la chaise qu'elle s'octroie d'office à la droite de l'oncle, attend qu'il soit assis pour en faire autant. À défaut d'en posséder d'autres, elle tient à ses manières de table.

– Elles sont restées à Paris. Elles vous adorent, oncle Robien, elles ont écrit une petite lettre pour vous le dire : tenez, elle est dans mon sac…

– Elles feraient mieux de me contacter sur Internet, je leur répondrais de même, lance Robien qui déploie vigoureusement sa serviette, un grand carré de lin blanc damassé.

– Bravo, oncle chéri, lui dit Laurraine, installée à sa gauche ; je vois que tu as suivi mes conseils, tu vas pouvoir communiquer avec le monde entier sans même quitter ton fauteuil…

– Je vais me fournir en amis tout neufs ! Ce que tu fais, toi, si j'ai bien compris ?

– Il faut bien que je meuble ma solitude…

Charles a entrepris de servir le vin rouge rubis présenté dans de belles carafes de verre taillé.

— À ce propos, dit Évelyne en refusant le vin d'un doigt barrant l'accès à son verre, nous voulions t'en parler, ma pauvre, Charles et moi...

— De quoi ?

— Mais de toi, de ta solitude !

— Ah non, pas maintenant ! lance Robien en tapant de sa fourchette sur son assiette pour activer Jéromine qui n'arrive pas assez vite à son gré. Passons d'abord à l'attaque, comme en 14...

— Tu y étais, oncle Robien ? le taquine Laurraine.

— J'étais trop jeune, puis j'ai été trop vieux pour la guerre de 40. Mais j'ai fait Bordeaux, d'abord en voiture à cheval, et pour terminer à bicyclette... À propos de Bordeaux, goûte-moi ça : ma dernière bouteille de château-latour, une grande année !

– À vos ordres, mon général, lance Charles avec ironie (l'oncle et sa débâcle, il connaît !).

Puis il vide son verre d'un trait.

– Tu ne l'aimes pas, mon petit bordeaux ? susurre Robien.

– Mais si, mon oncle, je le trouve tout à fait potable. Pourquoi me demandes-tu ça ?

– Déjà ta femme qui ne boit pas, et toi qui l'absorbes comme s'il s'agissait d'une potion… Un nectar pareil, ça se déguste !

– Il a du corps, il est parfumé, du tanin sans trop, et quelle belle couleur ! commente Laurraine qui, après avoir humé son verre, en a bu une gorgée, puis le contemple à hauteur d'œil.

Robien sourit :

– C'est à toi, ma nièce, que je léguerai ma cave… Legs particulier ! Une fortune, tu verras, et qui va se bonifiant avec le temps !

– Moi aussi, mon oncle, j'aime bien le vin, se réveille brusquement Évelyne. C'est juste qu'aujourd'hui, j'ai un peu mal au cœur…

– Quand on aime le vin, dit gravement Robien en se resservant, puis en remplissant le verre de Laurraine, on en boit même quand on est patraque… Le vin, le bon, le grand, ça guérit de tout ! Ou presque… En tout cas, ça aide à tout supporter, même le pire…

Et l'oncle de lever son verre à la cantonade :

– Vous n'avez qu'à me regarder !

L'une des caractéristiques les plus durables du rapport maître/valet – de quelque nom qu'on affuble chacun des deux rôles –, c'est que le premier ne fait rien de ses deux mains, hormis fumer, téléphoner, écrire et boire, manger, compter des billets, libeller des chèques, jouer aux cartes ou aux échecs, toutes activités nobles, quand l'autre, le sous-fifre, n'arrête pas de besogner tel un robot en marche.

Ainsi Jéromine qui, dès qu'elle se trouve en présence du baron de Condignac, ne peut s'empêcher de bouger, frotter, astiquer, ranger, redresser les coussins du divan, les fleurs dans les vases – comme si elle se croyait obligée de justifier à tout instant sa propre existence. Ou son droit à se trouver dans la même pièce que son maître. Ou ses émoluments : après tout, elle n'est pas payée à ne rien faire… Alors elle fait !

Ce qui ne l'empêche pas de parler. Au contraire, plus elle s'active, pliée en deux, à cirer les pieds de la commode ou du bureau, le regard baissé sur son œuvre et non levé sur son interlocuteur, plus ses propos sont acerbes. Comme si faire reluire le mobilier lui donnait aussi l'entrain nécessaire pour décaper ou lustrer tout ce qui lui passe par l'esprit. Et hop, il faut que ça brille partout – surtout dans l'esprit de son maître. (On pourrait dire « patron », mais Jéromine préfère « maître », comme jadis en classe.)

– Je la trouve mieux, la petite, ces jours-ci. Elle a quelque chose de rajeuni… C'est ce qu'il y a de bizarre avec l'âge : parfois, on repart en arrière, y aurait comme des marées…

– Pour moi, ce doit être vraiment marée basse… Tous mes poissons sont échoués, pêcheurs à pied et chapardeurs n'ont plus qu'à se servir…

– Y a pas de voleurs par ici, quand la maison est fermée je mets l'alarme !

– Ces voleurs-là s'appellent des héritiers. Ils sont déjà dans la maison. C'est toi qui les engendres : en quelque sorte, ils te poussent de l'intérieur... Quant à l'alarme, dès que ces hypocrites auront fait main basse sur mes affaires, ils auront vite fait de la décrocher ! Pour peu que j'aie demain un pet de travers, en fait de faire sonner le tocsin, ce seront les carillons de Pâques...

– Vous n'êtes pas juste, Monsieur, proteste Jéromine, occupée avec sa peau de chamois à faire briller les incrustations de cuivre du bureau. Votre nièce Laurraine vous aime pour de vrai...

– Dommage qu'elle n'ait pas d'enfants... Que vont devenir mes médailles et mes antiquités si c'est à elle que je les lègue ? Dispersées au vent des enchères entre les coups de marteau des commissaires-priseurs... Alors que je me suis donné tant de mal pour les réunir ! Que de voyages... Tiens, passe-moi la statuette égyptienne...

Jéromine ouvre une vitrine, en sort précautionneusement un petit sphinx accroupi, le lui apporte.

– Donne-moi ton chiffon. Ça m'agace, de la voir comme ça...

– Monsieur, je vous assure que je l'essuie souvent...

– C'est pas la poussière qui me gêne, Jéromine, elle en a vu d'autres, la pauvrette... Au reste, nous sommes tous faits de poussière que Dieu se chargera de balayer. Non, ce qui me peine le plus, c'est qu'elle va me survivre, la salope...

– C'est pas pour demain, vous êtes en excellente santé. Vous portez beau votre âge et vous allez tous nous enterrer...

– Ne dis pas de bêtises, ma fille, on n'enterre pas une statuette égyptienne... D'ailleurs elle l'a été, et, tu vois, elle est neuve comme au premier jour, on la croirait sortie du four... La veinarde ! Je la déteste ! Reprends-la, sinon je vais la jeter par terre ; comme ça, elle ne me verra pas mort... Et encore, ça ne suffira pas : qu'un collectionneur passe, et il recollera les morceaux ! Pour mes morceaux à moi, en revanche, rien à espérer...

Jéromine se précipite pour lui arracher la statuette des mains et la replacer dans la vitrine :

– Vous, vous avez mal digéré les beignets d'hier, ou alors c'est le boudin aux pommes...

– Le plus sûr, c'est encore le feu : il y a des moments où j'ai envie de tout brûler, tel Néron, ou de me faire enterrer avec mes trésors... mais il y aura toujours un fouineur pour venir gratter et piller ma tombe... Tiens, le mieux serait de ne pas être né !

– Pourtant, j'ai changé de charcutier, je ne comprends pas...

– C'est qu'ils en ont après mes dépouilles, ils tentent de me dépecer vivant. S'ils croient que je ne m'en aperçois pas... Ils chuchotent dans les coins, évaluent tout ce qui traîne... Hier, Charles m'a demandé si je me servais toujours du coffre qui est dans ma chambre et si je savais où étaient les clés... Quand je lui ai dit qu'il y avait une combinaison, il a pâli. Il voulait que je l'ouvre tout de suite, soi-disant pour montrer les bijoux de feu sa tante à Évelyne ! Je lui ai dit qu'ils n'y étaient pas...

— Mais où sont-ils, présentement ?

— Sous mon lit, tu le sais bien, coquine !

— C'est tenter le diable !

— Une petite diablesse rousse, ça ne me déplairait pas... En fait, je veux les avoir à portée de main, mes cailloux, pour le cas où je deviendrais presque incapable de bouger : comme ça, je pourrais encore faire des cadeaux...

— À qui ?

— À toi, par exemple. T'aimerais pas faire le ménage avec le collier de perles à trois rangs ? C'est ça qui les ferait bisquer !

Jéromine hausse les épaules ; immobile, elle n'a plus le cœur à traquer la poussière.

— Vous devenez gâteux !

— Il serait temps, non ? Dernier arrêt avant le terminus : devenir gâteux et gâter son monde !

– À propos, le vase de Sèvres est fêlé de haut jusques en bas ! Vous devriez être content, lui au moins ne vous survivra pas !

– Tant pis, c'était pour le notaire. Il doit revenir pour me le faire signer, ce testament...

Robien pousse un gros soupir, s'agite dans son fauteuil :

– J'ai une de ces envies...

– Ce doit être votre prostate qui fait des siennes... Vous avez pris votre médicament ?

– Mais c'est pas de pisser que j'ai envie, c'est de changer d'avis ! Plaisir de vieux roi, ça non ?

– Tant que c'est pas le menu du déjeuner que vous voulez bouleverser, ça me va !

– Mon rêve serait de changer d'héritiers sans rien dire. Un secret entre le notaire et moi... Ils en feraient, une tête, après ma mort !... Déjà qu'ils se griffent et grignotent ; là, ils se boufferaient tout crus ! Passe-moi la petite licorne en bronze, que je la toilette...

C'est avec un pan de sa veste de velours et avec des précautions de mère poule que le vieux monsieur bichonne son petit bronze. Rassurée – ce truc-là, ça ne casse pas –, Jéromine quitte la pièce en hochant la tête avec compassion : avoir tant reçu de la vie pour être obligé de tout quitter à l'heure du grand départ, voire avant, à cause des idées qu'on se fait… Autant ne rien posséder, on peut s'en aller plus tranquille. Léger, en quelque sorte, sur la pointe des pieds…

On aime qualifier d'« écrins de verdure » les jardins attrayants et aucune expression ne saurait mieux convenir à celui qui ceint le manoir de Condignac : fleurs multicolores, arbustes en boule, buissons mousseux, vivaces foisonnantes, plantes rampantes et grimpantes, bassins, tonnelles, tout s'y révèle un velours pour l'œil. Et plus on va vers les lointains, plus le monde végétal monte en puissance, jusqu'aux vastes frondaisons de la bordure du parc qui vont s'estompant au cœur des bois environnants dans ce qui paraît marquer le retour à une sauvagerie naturelle – en fait, un décor savamment étudié… Oui, c'est un véritable écrin que cette citadelle de verdure qui enserre avec grâce et sollicitude les hôtes de ces lieux.

Lesquels ne sont pas tous bienvenus aux yeux du maître : « Bestiole, chancre, que lui veux-tu encore ?... » marmonne le baron en voyant par sa fenêtre Charles s'approcher de Laurraine.

Assise sur un banc de pierre aux pieds griffus, la jeune femme dessine sur le sol avec la pointe d'un rameau.

Charles se retrouve devant elle comme par hasard, mains derrière le dos, dans une attitude qui manifeste quelque intention dissimulée... Il penche la tête de côté, fait mine d'examiner le dessin.

– C'est quoi, ça, petite sœur : un labyrinthe ?

– Presque : notre arbre généalogique... Tu vois, ces deux dernières branches : l'une, c'est toi, avec tes triplées ; l'autre, c'est moi, la toute seule...

– Écoute, ma Lolo, on peut voir les choses autrement : il n'y a qu'à les réunir, ces deux branches... Tiens, laisse-moi faire.

Et de saisir la badine pour, des deux branches, n'en plus faire qu'une :

– Comme ça, tu vois, on est tous ensemble ; mes enfants sont aussi tes enfants...

– Faudrait leur demander leur avis : je ne suis pas sûre que tes filles aimeraient fusionner avec leur tante ! Et moins encore Évelyne avec sa belle-sœur...

– Évelyne t'aime beaucoup : la preuve, elle se fait du souci pour toi...

– Alors, pourquoi me relègue-t-elle toujours en bout de table ?

– Oncle Robien s'y trouve lui aussi.

– Vous l'encadrez et, comme il est sourdingue, il n'entend que vous...

– Les conversations de table, c'est « Passe-moi le sel, je te donne la moutarde... »

– Façon de manifester qu'on a faim. Faim aussi d'héritage !

– Tout le monde sait que tu es sur le coup, ne t'inquiète pas...

– Qu'est-ce que cette histoire de testament ?

– L'oncle est plus affaibli qu'il n'en a l'air, il a envie de savoir ce que va devenir son bien après lui… C'est humain.

– Et alors ? Il est veuf et il n'a que nous : enfantin, pour la succession ! Toi et moi, on fait moitié/moitié, déduction faite d'un legs pour Jéromine qui a passé un paquet d'années avec lui. Ça se rédige en deux lignes. Je suis pour, pas toi ?

– Bien sûr que si… Seulement…

– Seulement quoi ? questionne Laurraine qui, de la pointe du pied, efface ses gribouillages dans l'allée.

– Nous avons pensé, Évelyne et moi…

– Tu penses à deux, maintenant ?

– … si l'oncle me laissait la plus grosse part de son héritage, à moi et donc aux enfants, il y aurait moins de droits de succession à payer le jour venu…

– Comment ça ?

– Eh bien, tu connais l'avidité du fisc : déjà, de l'oncle à nous deux, il va prendre sa part au passage ; mais de toi aux petites, ce sera un vrai raclage !

– Tu m'enterres déjà, si je comprends bien ?

– Bien sûr que non ; mais, normalement, sur les trois filles, il s'en trouvera bien une pour te survivre !

– Écoute-moi, mon petit bonhomme, je suis pour la liberté, l'égalité et la fraternité : oncle Robien peut en toute liberté nous accorder à chacun une part égale et fraternelle de son héritage... Moi, je ne vois pas plus loin.

– Mais il serait plus raisonnable...

– Belle phrase : on commence toujours par en appeler à la raison avant le massacre ! Et l'oncle, il en dit quoi ?

– « Après moi, vous vous arrangerez, ta sœur et toi... »

– Et il a ajouté : « Je suis si fatigué » ?

– Ben oui !

– C'est que vous l'épuisez, le pauvre vieux, avec vos propos d'avant-tombe...

– Je dois penser à mes enfants... Tu ne peux pas comprendre, toi, tu n'en as pas !

Laurraine se lève d'un bond, furibarde, et toise son frère qui recule d'un pas.

— Mais j'en ai marre, d'être traitée comme une demi-portion sous prétexte que je n'ai pas de progéniture... D'abord, je peux encore en avoir, j'ai encore l'âge...

— Toute seule ?

— Cela s'est vu !

— Ne fais pas ça, tu serais trop malheureuse...

— Au moins je saurais pourquoi : ce serait à cause d'un môme. Alors que là, quand je pleure, c'est à cause du vide, du manque... Sans compter que mon propre frère veut que je l'aide à me dépouiller ! Il me faut un enfant pour faire barrage, tout de suite !

De ses deux poings, elle se tape sur le ventre comme on frappe un tambour :

— Ça va grouiller, là-dedans !

À ce moment, Évelyne apparaît en haut du perron qu'elle descend en marquant majestueusement un arrêt à chaque marche.

— Vous parlez des enfants ?

– C'est un sujet qui énerve Laurraine.
– Qu'est-ce qu'on y peut si l'oncle a décidé de faire des donations à ses petites-nièces ?

Laurraine explose.

– C'est à ça que vous travaillez sous prétexte de lui rendre des visites de santé ? À me faire un enfant dans le dos parce que je n'en ai pas eu par-devant ? C'est moche et, par-dessus le marché, ce serait illégal...
– L'oncle n'a pas d'héritier réservataire, il peut faire ce qu'il veut et même te déshériter complètement...
– Pourquoi ferait-il ça ?
– Pour que ses collections tombent entre de bonnes mains.

Laurraine avance les siennes, paumes grandes ouvertes :

– Qu'est-ce qu'elles ont, mes mains, qui ne vous plaît pas ?
– Tes mains ne sont pas en cause, mais une femme seule...
– C'est forcément une pute ! Air connu...

— On ne sait jamais sur qui elle risque de tomber.

— Et les femmes accompagnées, tu veux que je te dise comment elles tombent ? fonce Laurraine en s'approchant, menaçante, d'Évelyne, laquelle fait face, protégée, croit-elle, par sa dignité de mère de famille.

— Ne te gêne pas, vas-y !

— Eh bien, il arrive qu'elles tombent de haut ! lui crache Laurraine.

Charles croit de bonne guerre de se montrer conciliant :

— C'est que tu nous as présenté de ces jeunes gens...

— Dis carrément ce que tu penses : des gigolos ! Je te signale que je suis photographe, que ces jeunes étaient pour la plupart mes modèles... Et pas forcément amoureux des femmes, les pauvres minets... Mais tout vous est bon pour m'exclure de votre sale jeu ! Tant pis, vous l'aurez voulu : je contre-attaque !

Et de s'enfuir en courant vers la maison.

Par sa fenêtre, Robien a suivi la scène sans en comprendre un traître mot. « De quoi peuvent-ils bien causer ? Pas de jardinage : ça m'étonnerait... Je parie mes deux sous qu'ils parlent succession. Ils ont failli en venir aux mains... C'est ça qui m'aurait amusé ! Si je continue à faire mijoter la soupe aux héritiers, ça risque fort de se reproduire... »

Dans le jardin, Charles, épuisé – les hommes ont horreur des disputes entre femmes, ils y trouvent rarement un rôle à leur hauteur – se laisse tomber sur le banc déserté par Laurraine.

Évelyne se plante devant son mari – maintenant, c'est à lui qu'elle en veut.

– Tu aurais quand même pu lui dire !
– Quoi ?
– Qu'elle aura beau se démener autant qu'elle voudra, elle restera ce qu'elle est : un ventre creux ! Jamais elle n'aura d'enfant...
– Elle peut encore en adopter un !
– Trop long, les démarches... L'oncle ne tiendra pas jusque-là ! Tiens, allons voir où ils en sont... Laurraine doit être en train de

lui faire du cinéma : « Je suis une pauvre femme sans enfants, file-moi ta collection de médailles, pour me consoler... » Alors que ce sont les femmes à enfants qui méritent des médailles, pas les bréhaignes...

— Je crois qu'elle préfère encore la monnaie aux médailles...

— Mais il s'agit de l'argent destiné à nos pauvres enfants !

Le ton est si pathétique que Charles se sent remué jusque dans ses entrailles paternelles.

Il se relève du banc, saisit les deux mains de sa femme :

— C'est un assassinat de la pire espèce que médite ma sœur, et sur nos petites filles ! Vite, courons à leur secours...

— Et au nôtre ! achève de s'insurger Évelyne.

À l'instar de ses hôtes, le grand salon change d'aspect, selon l'heure, pour se faire plus ou moins triste, gai, éclatant, fané, abattu, pimpant, accueillant, reclus sur lui-même, parfois repoussant... Ce soir, à la lumière des chandeliers qu'on a fait monter en lampes, avec le feu qui s'éteint peu à peu dans l'âtre, la pièce est comme ensommeillée.

Recroquevillé au fond de sa bergère, bien au chaud sous sa couverture, l'oncle Robien bâille et somnole par à-coups. Devant l'écran de son ordinateur portable, Laurraine semble au contraire en pleine action.

– Alors, ma fille, tu trouves ce que tu cherches ?

Pianotant, dans le cliquètement de son clavier et le glissement furtif de la souris sur son tapis de caoutchouc, Laurraine répond sans se retourner :

— C'est à la fois rapide et très long, cet engin-là...

— Tu cherches quoi : à faire une rencontre ? Moi, je n'essaie plus. Pour ce que m'ont apporté les femmes : que des chagrins...

— Pourquoi dis-tu ça ? Tu as adoré tante Simone !

— Ouais, mais elle n'a pas été capable de me donner un enfant, et de surcroît elle m'a lâché à mi-parcours... Remarque, pour ce qui est des enfants, plus ça va, plus je trouve que tu as de la chance de n'en pas avoir !

— Tu aurais adoré en faire au moins un...

— Tous des vautours ! Vois les filles de ton frère, lequel ne cesse de me picorer le foie ; elles sont comme lui : des vautouronnes ! Dès qu'elles arrivent ici, c'est pour fricoter dans mes affaires, détraquer mon ordinateur, démonter mes armures... C'est fragile, ces trucs-là... Jéromine en retrouve des pièces et des morceaux sous tous les meubles...

— Ton fils aurait aimé ce que tu aimes : jouer au billard, courir les filles...

— Tu crois ?

— J'en suis sûre... Tiens, ça y est, je crois que j'ai trouvé ce que je cherche !

— Un nouveau soutien-gorge avec armature renforcée pour Évelyne ?

— Dis donc, t'as l'œil, toi !

— Pour les faussetés, sûrement ! Si tu crois que je n'ai pas remarqué aussi la moumoute que Charles se colle sur le devant du crâne ! Et Jéromine qui fait semblant de ne pas avoir besoin de lunettes pour m'emprunter les miennes dès qu'elle a besoin de lire...

Laurraine fixe intensément son écran :

— C'est sûrement lui !

— Le monde n'est qu'une pièce de théâtre où tout le monde se déguise en ce qu'il n'est pas ! Alors, tu as trouvé quoi : un nouvel acteur pour ta comédie ?

— Peut-être ce qui me manque...

— ... pour être tout à fait un garçon ?

— Qu'est-ce qui manque aux femmes pour qu'elles se sentent complètes, d'après toi ? Je l'ai demandé brun, de belle taille, bouclé...

— J'y suis : un caniche !

Laurraine éclate de rire et pivote sur son tabouret pour faire face au vieux monsieur :

— On peut appeler ça comme ça ! Tu sais, il risque de débarquer !

— Ici !

— Dès que j'aurai conclu la transaction.

— Préviens alors Jéromine pour qu'elle achète des croquettes...

— Et si c'était lui qui nous croquait ?

— Je lui montrerai des tours, à ton chien, et même des tours de cochon...

— Je compte sur toi, car moi, côté dressage, je manque de pratique !

— Il n'y a qu'une méthode pour se faire obéir — c'est la même que pour se faire aimer...

— Laquelle ?

– Laisser la bête venir à soi… C'est ce que j'ai toujours fait…

Surgit Jéromine, laquelle bâille avec ostentation.

– Alors, on ne se couche plus dans cette maison ? À ct'heure pour moi c'est l'extinction des feux… Comme disait mon grand-père : le monde appartient…

– Laisse-moi deviner, l'interrompt gaiement Laurraine, à ceux qui vont en hériter ?

C'est au tour de Robien :

– Mais non, à ceux qui l'aiment ! Je vais vous dire un secret, Mesdames ; le monde est une femme et c'est pourquoi il faut le courtiser !

Jéromine se cale les poings sur les hanches comme chaque fois qu'elle s'apprête à sortir une vérité qui pourrait choquer :

– Pour ce qui est de ça, Monsieur, c'est pas l'usage qui vous en a manqué… Madame Simone le savait bien !

Robien est surpris :

– Ah bon, et qu'est-ce que mon épouse disait de moi dans mon dos ?

Jéromine se dirige prudemment vers la sortie, au cas où il y aurait représailles :

— Madame plaignait d'avance celle qui lui succéderait... !

Robien sourit, d'abord amusé. Plus il soupire ;

— Simone a dû le crier un peu trop fort : depuis elle aucune ne s'est présentée !

— Jusqu'ici, mon oncle, mais il m'étonnerait que cela dure...

— Pourquoi dis-tu ça ? questionne Robien, curieux.

— À cause de l'odeur...

— Quelle odeur ? Ça ne sent que du bon, ici, grommelle Jéromine. J'encaustique et cire tous les jours.

— Ne me dis pas que ça pue la femme ? demande Robien qui se redresse sur son siège, un rien égrillard.

— On flaire ici un certain parfum qui précède de peu l'arrivée des femmes...

— C'est quoi, ce machin-là ? s'agace Jéromine qui redoute déjà de voir débarquer quelque autre maîtresse de maison qu'elle-même.

Laurraine baisse le ton pour mieux ménager son effet :

– L'odeur de l'argent !

Robien se laisse aller en arrière, déçu :

– J'ai toujours entendu dire que l'argent n'avait pas d'odeur...

– Ce sont les femmes qui font courir ce bruit pour mieux masquer leur jeu... Mais, depuis que tu parles d'héritage, le fumet a commencé à se dégager. Attends-toi à la suite...

Le tour qu'a pris la conversation n'est pas du goût de Jéromine qui, cherchant un prétexte pour s'esquiver, se met à renifler :

– C'est vrai que je sens quelque chose... J'ai dû oublier d'éteindre le four... J'y cours !

Elle sort à pas pressés.

Robien a un sourire attendri :

– Celle-là, au moins, m'aime pour moi-même... La preuve : elle est jalouse... Je la mettrai sur mon testament !

– Mais toutes, on t'aime pour toi-même, cher oncle Robien !

— Tu veux dire : pour mon argent qui sent si bon ?

— Être riche fait partie des attraits d'une personne autant que sa beauté. En plus, tu n'es pas mal du tout pour...

— ... pour un vieux !

— Mais non, idiot, pour un oncle à héritage !

Laurraine se lève de son tabouret et va l'embrasser. Puis elle retourne à son écran et pousse une exclamation :

— Ça y est, j'ai ma réponse : la transaction est acceptée ! Attends-toi à la fois au pire et au meilleur...

— Mieux vaut que je m'y prépare en allant me coucher ! Aide-moi à sortir des bras de ma bergère... c'est qu'elle s'accroche !

— Comme toutes les autres, mon bel oncle ! Cette bergère-là, je parie que c'est pour ton argent...

— Pourquoi dis-tu ça ? s'étonne Robien en s'appuyant à la fois sur Laurraine et sur sa canne pour rejoindre l'escalier.

– Parce que, chaque fois que tu la quittes, tu abandonnes dans son giron quelques sous tombés de ta poche...

– Jéromine me l'a déjà fait remarquer... Ma générosité me ruinera !

Et de continuer à bavarder, histoire de rendre moins pénible la lente escalade du vieux monsieur jusqu'au premier étage où se trouve sa chambre à coucher.

Certains intérieurs n'ont pas seulement pour fonction de faciliter l'existence de ceux qui y logent : de par l'agencement de leur décor, ils égayent aussi l'œil et l'esprit. Sans compter que leur faste impressionne l'éventuel visiteur qui se consume un peu plus d'envie à chaque pas ; que c'est beau, que c'est riche, que chaque bibelot, lustre, tapisserie a dû coûter cher ! On pourrait se croire dans une boutique d'antiquaire, surtout quand plusieurs générations s'y sont succédé, chacune y laissant ses goûts et ses trésors.

C'est le cas du manoir de Condignac, dans la famille depuis cinq générations : de la plus petite chauffeuse au pare-feu, des boiseries de chêne de la bibliothèque aux tapisseries d'Aubusson, aux lampes de Sèvres, aux guéridons d'acajou, tout y est inestimable. Et cependant, estimé par plus d'un !

C'est pourquoi le plus précieux – Tanagra, vases de Gallé, timbales d'argenterie, ivoires, autrefois librement exposés, de même que les boîtes à cigarettes en marqueterie, les caves pour le cognac – se trouve désormais à l'abri dans des vitrines. Et sous clé.

Précaution récente à quoi Évelyne, à son grand dépit, est en train de se heurter. Elle a beau appuyer sur la poignée de la vitrine la mieux garnie, tenter de découvrir quelque ressort secret, rien à faire : offertes au regard, ces curiosités ne le sont plus à la main, et demeurent intouchables. Exactement comme chez les antiquaires qui ont de bonnes raisons de se méfier des prétendus « curieux » déguisés en acheteurs potentiels.

Dépitée, Évelyne se met à jurer :

– Quelle merde ! Quelle saloperie !

– Eh bien moi, je trouve ça ravissant ! fait en écho une autre voix féminine.

Évelyne sursaute, regarde autour d'elle et aperçoit Laurraine que dissimulait le vaste écran de son ordinateur. La jeune femme se lève, les mains derrière le dos, pour s'approcher de la vitrine que contemple sa belle-sœur :

– Tu cherches quelque chose ?

Évelyne a recouvré son sang-froid :

– Je suis dans l'admiration : oncle Robien a tant de goût !

– C'est vrai qu'il a entassé des merveilles, mais ce qui est dans les vitrines n'est rien, à côté du reste…

– Quel reste ?

– Comme un Petit Poucet, l'oncle a parsemé le chemin de sa vie de cailloux… En fait, de pierres précieuses…

– Charles ne m'a jamais parlé de cette collection-là !

– Il n'y avait que tante Simone à le savoir… Puis il y a eu Jéromine et moi. Maintenant, toi !

– Et il se trouve où, ce trésor ? Ici ?

– Peut-être… ou à la banque… De toute façon, il est à l'abri.

– Mais où ça ? Il faut que je sache, je suis de la famille.

– Seulement par alliance…

– Mes filles, elles, sont du même sang que l'oncle, elles y ont droit.

– L'oncle ne confie ses secrets qu'aux personnes majeures… Quand tes trois filles auront atteint dix-huit ans, il leur confiera peut-être la clé du magot.

– Je peux au moins savoir où il est… ?

– Ne t'en fais pas, en sûreté.

– Mais il a bien dû dire à quelqu'un où il l'a planqué ! Peut-être au notaire qui nous le révélera à son décès…

– Pas certain : l'oncle est joueur… Il excelle au billard et, pour lui, les gens sont faits pour s'entrechoquer comme des billes : il est le roi de la carambole.

– Dans ce cas, c'est du vol !

– De qui ?

– Mais de ses héritiers…

– Révise ton code… L'oncle est libre de laisser son bien à qui il veut : à moi, à Jéromine, ou aux petites sœurs des pauvres ou aux tortues des Galapagos…

– Mais nous, on l'aime, tandis que ces bestioles-là…

– Peut-être l'aimeront-elles une fois qu'elles en auront hérité !

– Mais ça a le sang froid !

– J'ai cru repérer d'autres bêtes à sang froid dans la famille…

– Toi, tu ne peux pas comprendre, tu n'as pas d'enfants !

– Vieux refrain, mais je vais te dire : quand on n'a pas d'enfants dans son giron, on a le temps de regarder autour de soi et on comprend beaucoup plus de choses que les autres… Quand je vois certaines mères pousser leur landau comme un char d'assaut sans se soucier de ce qu'elles pourraient écraser sur leur passage…

Évelyne cherche une réplique idoine, croit l'avoir trouvée :

— Charles et moi, on s'est dit que ça ne t'a pas réussi, de ne pas avoir d'enfant : tu deviens méchante. Sans compter que tu te mets à la colle avec des crève-la-faim qui te bouffent tout ton argent ; après quoi tu viens mendier auprès de l'oncle... En fait, tu ne penses qu'à toi et tu n'en fais qu'à ta tête !

— Si je n'en faisais qu'à ma tête, je ne serais pas ici, pour ce que j'y récolte !

Entre Charles qui, sentant l'atmosphère tendue, préfère prendre un ton guilleret :

— Alors, on tchatche ? On parle toilette ? Deux jolies filles ensemble, c'est tout de suite la guerre des chiffons. Qui gagne, d'après vous : Galliano, Lacroix ou l'autre, là, le type à la boucle d'oreille ? Tenez, quand on aura hérité, je vous paie à toutes deux un modèle chez le couturier de votre choix !

Évelyne, boudeuse :

— On n'héritera pas !

Charles, stupéfait :

— Pourquoi dis-tu ça ?

— L'oncle veut tout léguer aux tortues...

— Quelles tortues ?

– Des Galapagos…
– C'est quoi, ces énergumènes ?
Laurraine enfonce le clou :
– Le contraire des lièvres : elles arriveront à leurs fins avant vous…
– Tu plaisantes ! grince Charles qui ne trouve pas ça drôle du tout.
– Je ne plaisante jamais, quand il s'agit d'héritage : c'est un sujet bien trop sérieux ! Tu n'es pas d'accord ?
– Il faut que je parle à Robien, il doit subir de mauvaises influences : jusque-là, chez nous, on avait le sens de la famille…
– Tu parles ! Au décès de nos parents, qui s'est adjugé la plus grosse part ?
– C'est qu'en plus d'une femme j'ai trois enfants à charge. Toi, tu as la chance d'être plus légère…
– Comme l'est ma vie, je sais ! Tiens, je te fais une proposition : tu prends le diamant bleu, et moi le collier de perles. J'irai les jeter une à une dans la mer pour les restituer aux huîtres…

– Elle est folle ! Ça monte à la tête des femmes...

– Quoi ? demande Laurraine qui sent venir le coup bas.

C'est Évelyne qui se charge de le décocher :

– D'avoir le ventre mort !

Laurraine cette fois prend la mouche :

– Ça vaut mieux que d'avoir le cœur mort ou de porter ses couilles en bandoulière sous prétexte qu'elles ont bien servi...

Au tour de Charles d'être furieux : aucun homme n'aime être mis en cause dans sa virilité.

– Tu oses insulter un père de famille du fait qu'il l'est ?

Et de foncer droit sur Laurraine...

Juste à ce moment, Robien pénètre dans le salon, canne en avant :

– On s'embrasse, ici ? Continuez, j'adore voir mes héritiers dans les bras les uns des autres... L'étreinte familiale, rien de meilleur... quand elle n'étouffe pas !

Bras tendus, Laurraine tente de maintenir son frère à distance :

– Qui trop embrasse mal hérite !

Évelyne hausse les épaules, s'approche de son mari, lui chuchote quelque chose à l'oreille et le tire hors de la pièce.

– Que se passe-t-il ? s'enquiert Robien. Vous vous êtes disputés ?

– Pas le moins du monde, on a causé, répond Laurraine.

– Tu leur as dit que tu attendais un caniche ? Ils devraient être contents : ça distraira les petites quand elles viendront, elles ficheront ainsi la paix à mes collections !

– Il n'amusera pas qu'elles, crois-moi ! À propos, il faut que je vérifie son heure d'arrivée, à ce petit !

Et Laurraine de retourner à son ordinateur, cette brave machine à tout faire, y compris à fabriquer l'avenir.

L'oncle est dans sa bergère favorite et, tels les hommes d'autrefois, lit ses journaux. Dans un autre coin de la pièce, telles les femmes d'aujourd'hui, Laurraine est figée devant son ordinateur.

– Ça y est, il arrive…
– Ta commande ?
– Mon fils : celui que j'ai eu grâce à l'ordinateur !
– Un enfant virtuel ?
– Non, tout ce qu'il y a de naturel…
– Tu ne m'en avais jamais parlé, de cet enfant-là.
– Jusqu'ici, j'ignorais qu'il existait, puis je me suis mise sur la piste et je l'ai trouvé…
– Je ne savais pas qu'une femme pouvait mettre un enfant au monde sans le savoir !

Je croyais que c'était réservé aux hommes...
Une nouvelle victoire du féminisme ?

– Un succès, en tout cas. Depuis le temps que je l'espérais... Pourvu qu'il te plaise !

– Si tu ne l'as jamais vu, pourvu qu'il te plaise d'abord à toi...

– Oh, moi, il me plaît déjà ! Il me suffit de penser à la tête d'Évelyne quand elle saura que moi aussi, je suis mère...

– Tiens-tiens, il commence à me plaire, ton petit bâtard ! Et il s'appelle comment ?

– Ulysse : il vivait en Grèce...

– Ç'aurait pu être Eurêka, mais je m'accommoderai d'un navigateur... Il arrive par mer ?

– Je vais le chercher à la gare.

– Tu penses que tu le reconnaîtras ?

– Le premier qui me criera « Maman ! », ce sera lui !

Elle sort en riant. Après son départ, Robien hoche la tête, jette un regard sur ce qu'il peut apercevoir du parc par la porte-fenêtre, reprend ses journaux, puis marmonne : « Si Simone avait connu ce truc-là, qu'on peut faire des enfants avec un ordinateur, elle m'aurait peut-être fabriqué un fils... De toute façon, j'aurais eu des cornes... Toutes les mêmes : n'importe quel prétexte leur est bon pour vous faire cocu... ou père sans le savoir ! »

Dans les maisons un peu vastes – c'est leur charme –, on se croise et se recroise, que ce soit dans les corridors, les escaliers, sur le seuil des pièces… Comme, à la longue, ces croisements se révèlent fastidieux, on ne se mêle pas de demander chaque fois à l'autre où il va de ce pas, et Jéromine, qui s'est effacée devant Laurraine, reste sur un besoin de savoir chez elle constant. Il lui arrive de le réfréner – ça pourrait agacer –, mais, comme elle sait le baron aussi curieux qu'elle des agissements d'autrui, quand cela la tenaille de trop c'est auprès de lui qu'elle s'informe :

– Mais où c'est donc qu'elle court comme ça, notre Laurraine ? Elle a le feu au cul, ou quoi ?

— Presque, Jéromine, et je te prie de ne pas m'en faire autant !

— Monsieur !

— Je veux dire que je t'interdis de me sortir un enfant naturel de sous ton jupon.

Jéromine grimpe au plus haut de sa dignité :

— Monsieur, mes enfants à moi sont tous nés de feu mon mari, et tous morts en couches : c'était du régulier ! Il n'y a rien eu d'autre...

— Tu n'as pas de neveux ?

— Je suis fille unique.

— Alors, qui va hériter de toi ?

— Le Bon Dieu, par l'intermédiaire du curé...

— Ton Bon Dieu, quand je le verrai, j'aurai deux mots à lui dire...

— Lesquels, si je peux me permettre ?

— « Débrouille-toi avec mes neveux... »

— Ceux-là ! Ils sont capables de tout bousiller de ce qu'il y a ici... Si je suis encore là, je prendrai mes cliques et ma retraite...

Sur le perron, c'est un tout autre genre de scène qui se déroule entre Charles – lequel vient de se heurter à elle – et Laurraine.

– Tu vas au village ?
– Oui, à la gare.
– Ah, tu pars ?
– Ne te réjouis pas : je vais chercher quelqu'un et je vous le ramène pour vous le présenter.
– Qui ça, ton dernier ?
– Plutôt mon premier… Il a dix-huit ans.
– Tu les prends à peine majeurs, maintenant !
– Ouais : c'est mon enfant !
– Où l'amour maternel va se nicher, chez les femmes…
– J'ai pas dit mon amant ; c'est mon fils, mon vrai de vrai !
– Et il sort d'où, ce miracle ? Il a un père ?
– C'est un enfant naturel, et c'est pourquoi je ne vous en avais pas parlé, à Évelyne et à toi : je connais trop vos principes. Et puis, jusque-là, il vivait en Grèce ; il est beau

comme un Dieu de là-bas... Si je ne vous l'ai pas amené plus tôt, c'est que je ne voulais pas qu'il prenne de mauvaises manières.

– Quel genre de manières ?

– Faire passer le fric avant l'amour... Mais, puisque vous voulez me déshériter, je prends le risque : s'il est bien comme je pense, il résistera ! Préviens Évelyne.

– Que veux-tu que je lui dise ?

– Que j'ai un fils. À partir de là, tu n'as plus à t'en faire, c'est elle qui monopolisera la parole...

– Enfin, Laurraine, qu'est-ce qu'on t'a fait ?

– Cherche ! Moi, je vais le chercher, lui !

Et Laurraine de sauter dans sa petite Clio tandis que Charles, perplexe, regarde le véhicule s'engouffrer dans la belle allée de marronniers qui conduit hors du domaine.

Se trouver dans une demeure suffisamment étendue pour offrir plusieurs entrées, des possibilités de s'isoler comme de se réunir, de se perdre de vue, éventuellement de s'épier par les yeux, les oreilles, de parler à voix haute, crier, se rouler par terre, somnambuler, tel Hamlet, sans déranger personne, c'est comme pouvoir aller et venir sur une scène de théâtre où il convient d'improviser. D'autant que tout s'y déroule tantôt successivement, tantôt simultanément : le drame et la comédie, la haine et l'amour, la routine et les surprises, les incidents et les accidents, le vrai et le faux... Ces vieilles demeures ont beau avoir connu maintes histoires et maints événements, elles ne se lassent pas d'en voir surgir de nouveaux. Émues, souriantes mais parfois inquiètes – car les maisons sont capables de sentiments – quand elles découvrent qu'une affaire les concerne directement : ainsi lorsqu'il s'agit d'héritage et des mains entre lesquelles elles risquent de tomber sans qu'elles aient, les pauvres, leur mot à dire !

Pour l'heure, le prétendant à la possession du manoir de Condignac, planté devant la porte-fenêtre à regarder filer la Clio de sa sœur, ne dit rien qui vaille à des murs jusque-là fort heureux de leur sort. Quelqu'un qui n'apprécie pas les vieux vins peut-il aimer les vieilles résidences et les traiter comme il convient ?

Charles a le dos tourné lorsque surgit Évelyne parlant toute seule, à ce qu'il croit d'abord. Mais, quand il se retourne, il comprend qu'elle est à dialoguer sur son portable avec leur progéniture.

– Mais non, mes chéries, Maman ne vous abandonne pas, elle pense même tout le temps à ses petites filles adorées... Elle est en train de leur préparer une belle surprise : une grande maison avec un immense jardin pour jouer et courir autant qu'elles voudront... Ah non, mes chéries, ce n'est pas pour tout de suite ! Il va falloir attendre un peu... Mais n'oubliez pas que c'est vous mes trésors, mes uniques trésors ! Bisous, à bientôt...

– Et moi, alors ? lance Charles.

Évelyne, qui vient de raccrocher, se méprend :

– Tu voulais leur parler ?

– Je ne fais pas partie de tes trésors ?

– Bien sûr que si ! Seulement, ce n'est pas la même chose : elles, ce sont mes enfants...

– Qui te paraissent plus précieuses que ton mari ?

– C'est qu'elles sont de mon sang, tu comprends !

– Je te signale que, sur ce coup-là, nous sommes deux, et à égalité !

– Normal, non ?

– Régulier. N'empêche : ça doit faire drôle d'avoir un enfant tout seul...

– Tu en connais, des comme ça ?

– Oui : Laurraine.

– Si elle avait eu un enfant sans père présentable, on l'aurait aidée à l'élever…

– Partager le bien de nos petites avec un type sorti du néant ?

– Robien peut faire ce qu'il veut de son héritage et l'idée d'avoir un mâle parmi sa descendance l'a toujours émoustillé !

– Je t'avais dit qu'on aurait dû faire encore un enfant, et, si ça n'était pas un garçon, en adopter un !

– De nos jours, adopter, c'est devenu la croix et la bannière. En outre, il ne faut pas être trop difficile…

– Sur quoi ?

– Eh bien, sur le fond de teint ! Comme l'oncle est plutôt traditionaliste, qui sait ce qu'il aurait dit d'un neveu arborant une couleur… mettons un peu trop voyante !

On entend le clic-clac de la canne de l'oncle. Le vieillard surgit en galopant presque :

– Vous connaissez la bonne nouvelle, mes enfants ? J'ai un neveu ! Un garçon de mon sang…

– Si j'étais vous, mon oncle, je ne me réjouirais pas avant de l'avoir vu…

– Mais c'est comme si je l'avais vu ! Laurraine me l'a décrit : brun, grand, bouclé. C'est moi tout craché à son âge… Il est forcément merveilleux : bon sang ne saurait mentir… Ah, j'entends la voiture. Allons sur le perron, je veux l'accueillir comme il le mérite, mon petit-neveu prodigue… que dis-je, prodige !

Mais ils n'ont pas le temps de sortir, Laurraine entre dans la pièce, une valise qu'on pourrait dire en carton d'une main, de l'autre indiquant quelqu'un qui se trouve encore dans le couloir :

– Je vous présente Ulysse. Mon fils !…

La jeune femme sourit d'un air vainqueur, mais peut-être aussi un tantinet goguenard. C'est quand même une bonne blague qu'elle s'apprête à leur faire à tous, non ?

Quand cela arrive, quand une femme blanche met au monde un enfant de couleur, c'est chaque fois un moment difficile à passer pour les protagonistes comme pour les accoucheurs ! À tort ou à raison, l'insolite paraît menaçant. Si le mari est de couleur, cela finit par s'admettre ; mais quand le père est blanc ou qu'on ne sait pas au juste qui il est, la situation requiert alors un certain doigté...

Ainsi, lorsque apparaît le beau grand jeune homme sombre se découpant avec netteté sur les boiseries claires du salon, le choc est général : Ulysse est noir. Vraiment noir. « Noirnoir », comme dit Muriel Robin dans un sketch célèbre.

Évelyne réagit la première :

– Mais il me semblait...
– Quoi ? la coupe Laurraine, sur la défensive.
– Qu'en Grèce, les Grecs...
– À moi aussi, il semblait que les Grecs sont comme tu penses : *comme ça* ! Eh bien, celui-là est *comme ci*...
– C'est son père qui était... comme ci ?
Laurraine prend un air rêveur, presque nostalgique :
– Un homme magnifique, un Égyptien...
Ulysse corrige aussitôt (il parle français sans le moindre accent) :
– Non, un Abyssin...
– C'est ce que je voulais dire : un Abyssin... Je suis si émue, c'est la première fois que je le vois depuis...
Charles espère la faire trébucher :
– Depuis ?
Mais Laurraine reste sur ses gardes :
– Depuis qu'il est grand...
Renvoyé dans ses buts, Charles prend le parti de plaisanter, on apurera les comptes plus tard :

– C'est que ça fonce, les enfants, en grandissant... Tenez, moi, petit, j'étais blond ; maintenant, je suis brun... Allez vous y reconnaître !

Robien n'a encore rien dit. En fait, il s'est livré à un manège : appuyé sur sa canne, il a fait le tour du jeune homme comme s'il s'agissait d'une statue qu'il évaluait avant de l'acquérir. Son inquisition terminée, l'air satisfait, il vient se camper bien en face de lui :

– Bienvenue dans la famille, mon garçon ! Ne t'en fais pas, chez nous tout le monde est différent, en particulier pour le caractère : un vrai patchwork ! Tu colles parfaitement dans le tableau... La dernière pièce du puzzle, en quelque sorte, et tu y as ta place... Viens, que je t'adoube...

Ulysse, qui n'a pas fait plus de trois pas, reste fiché là où il est :

– C'est que je ne sais pas...

– Quoi ? s'étonne Robien.

– Si je vais pouvoir rester... je veux dire : longtemps...

C'est à Évelyne de tenter une sortie perfide :
— Tes parents t'attendent ?

Laurraine la bloque avec violence :
— Évelyne, sa mère, c'est moi ! N'est-ce pas, Ulysse ?

Le garçon sait sa leçon :
— Oui, Maman.

Jéromine survient, portant un plateau sur lequel il y a des verres et une bouteille de champagne en équilibre :
— J'ai entendu la voiture, je me suis dit que notre jeune homme était arrivé, qu'il fallait fêter ça...

Son regard fait le tour de la compagnie :
— Mais où est-il ?

Charles se charge de l'informer, en fait de lui dessiller les yeux :
— Devant toi, Jéromine, tu ne le reconnais pas ? Tu ne vois pas son air de famille... C'est pourtant frappant !

Jéromine est sur le point de laisser échapper son plateau. Évelyne se précipite, le lui prend des mains, et la vieille femme les joint comme pour une prière :

– Sainte Vierge, ça n'est pas comme ça que je le voyais, le petit de Laurraine ! Pour une surprise, c'en est une...

Et, de même que Robien, elle se met à lui tourner autour :

– C'est qu'il est beaucoup plus beau que Laurraine n'avait dit : plus grand, plus brun aussi, plus bouclé...

Revenue face au garçon, elle lui ouvre les bras :

– Viens ici que je t'embrasse, mon petiot !... Tiens, j'aurais voulu être ta marraine... Enfin, tant pis, je me contenterai d'être ta grand-tante !

Ulysse répond avec élan à l'embrassade :

– Vous êtes ma tante ?

– À la mode de Bretagne, ce sont les meilleures... T'as pas faim ? Je te trouve la mine un peu pâlotte... Ce doit être le voyage... C'est loin, d'où tu viens ?

– Avec les avions, rien n'est loin... Seulement, ça me fait tout drôle d'être ici... Ce n'est pas la même faune que chez moi...

Il lance un regard dubitatif sur le cercle de famille qui – à part Jéromine – est demeuré à distance. La vieille femme le prend par le bras :

– Suis-moi dans ma cuisine. Va falloir que tu me racontes comment c'est, d'où tu viens ; moi, je ne suis jamais sortie du département… Les lions, je n'en ai vu qu'à la télé, tout comme les girafes : y en a-t-y, par chez toi ?

Robien s'interpose :

– Vous ferez connaissance plus tard ! Faut d'abord qu'on l'ouvre, ce champagne !

Ulysse va vers le plateau et s'empare de la bouteille :

– Ça, je sais faire !

Charles prend un ton candide pour s'adresser à Laurraine :

– Barman ?

Sa sœur le toise :

– Il a aussi fait du droit.

– Je vois, insiste le nouvel oncle. Il a potassé le droit des successions…

Laurraine de sourire, incisives en avant :

– Comme vous, non ?

– Vous avez fini de vous chamailler, les enfants ? fait Robien. On va boire à la famille, à notre grande famille, avec ses vivants et ses morts. C'est ma chère sœur et mon pauvre beau-frère qui seraient heureux de voir ça : Laurraine, leur fille, enfin mère !

– Ils seraient sûrement fous de joie, ironise Charles, ils ont disparu trop tôt… Mais ils vont peut-être ressusciter pour l'occasion ?

Après avoir débouché la bouteille avec dextérité, Ulysse remplit les verres. Il offre le premier à Jéromine :

– Pour la femme la plus âgée de la tribu… C'est ainsi que l'on fait, chez nous… Le suivant est pour le grand chef, le patriarche…

Laurraine précise :

– Le grand chef d'ici est ton grand-oncle !

Ulysse se dirige vers Robien et s'incline en lui tendant son verre :

– Je suis soumis à mon grand-père, il a le droit de me dicter sa loi, j'obéirai…

Robien est aux anges :

– Enfin quelqu'un de jeune qui me parle avec respect ! Je croyais que ça n'existait plus... D'où est issu cet oiseau rare ?

– Mais de ton sang, oncle Robien... Je suis ravie que tu l'apprécies, cela va faciliter...

– Quoi ? questionne Charles qui avait commencé à boire et qui s'étrangle dans les bulles de son champagne.

– La suite...

– Quelle suite ? Ne me dis pas que tu vas nous en sortir d'autres du même acabit !

– Rassure-toi, Ulysse me suffit. Désormais, nous sommes à égalité, toi et moi. Je vois comme un grand et long tapis rouge se dérouler vers l'avenir... Je me sens enfin une femme comme les autres !

– Tu veux dire : prête à emmerder le monde ? réplique Charles.

– Appelle ça comme tu veux, mais, si j'avais su quelle force cela donne d'être mère, j'aurais commencé plus tôt !

Robien, qui a vidé son verre, prend Ulysse sous le bras :

– Viens, mon neveu, que je te montre mes collections, mes armes, mes monnaies rares... Sais-tu ce que c'est que des pièces anciennes ? Ce sont des sous qui n'ont plus de valeur mais qui, du coup, en prennent beaucoup... Ce devrait être pareil pour les vieux comme moi : plus on est bon à rien, plus on devrait être apprécié ! Par là, c'est la galerie de portraits des ancêtres, ils ont pris de la patine et leur couleur se rapproche de la tienne... Quel grand égalisateur que le temps ! Il suffit d'attendre, il remet tout en place. J'ai attendu, et te voici ! À ta bonne place...

Jéromine aussi a fini son champagne :

– Je vais aller lui préparer mes œufs à la neige, je parie qu'il ne connaît pas...

Rageuse, Évelyne prend Charles par le bras :

– Fais-moi un autre enfant, vite, tout de suite ! Les autres sont usées, et on dirait qu'il n'y a que ce qui est neuf qui amuse les vieux... Nous autres, on ne compte plus, pour oncle Robien.

— T'en fais pas, on va s'en occuper, du faux Grec...

Laurraine affiche un calme souverain :

— À toutes fins utiles, je vous rappelle que ça n'est pas Ulysse qui est censé hériter, c'est Charles et moi – du moins si l'oncle en est toujours d'accord... Et je suis honnête : je ne réclame pas plus que la moitié...

— Honnête avec ce faux atout dans ta fausse poche ? ricane Évelyne.

— C'est quoi, ma fausse poche ?

— Tu le sais parfaitement : ton ventre mort...

Encore... c'en est trop :

— Ça vaut mieux qu'un ventre pourri !

— Salope !

Les deux femmes sont sur le point d'en venir aux mains et Charles tente sans conviction de s'interposer.

Robien revient de la galerie des ancêtres, suivi d'Ulysse que le bruit de la dispute inquiète :

— Que se passe-t-il ?

— Rien, répond Robien qui, pour ce qui le concerne, s'amuse ; c'est juste une crise d'*héritite*...

— C'est quoi, ça ?

— Une inflammation, comme tous les mots en « ite » : gingivite, arthrite, conjonctivite, gastrite, encéphalite, cystite...

— Elle a lieu où, cette inflammation-là ?

— Dans la transmission... De temps en temps, ça coince quelque part ; mais ne t'en fais pas, mon neveu, c'est pas grave. Ça fait juste crier un peu fort...

— Et qu'est-ce qu'on fait pour soulager ? s'informe Ulyssse apitoyé. On opère ?

— On laisse le pus s'écouler... Mais ne t'approche pas trop : l'*héritite*, il n'y a rien de plus contagieux, surtout en famille ! À croire que le terrain est d'autant plus propice... Viens que je te montre ta chambre, la bleue, à côté de la mienne... Comme ça, si tu ne dors pas, on pourra bavarder : tu me raconteras ton enfance, je veux tout savoir de toi pour rattraper le temps perdu à ne pas te connaître...

– Je savais que la vue de l'oncle avait baissé, après sa cataracte, lance Évelyne, une fois les deux hommes partis, mais j'ignorais que c'était à ce point ! Il ne distingue plus les couleurs...

– Bien suffisamment, corrige Laurraine, pour savoir de quel côté est le noir et de quel côté le blanc... Ne t'en fais pas pour lui, ma chère belle-sœur, l'oncle a toutes les cartes en main...

– Plus un faux atout...

– Je dirais plutôt qu'Ulysse est un joker, insinue Laurraine.

Elle a son sourire de petite fille, celui qui lui venait quand elle avait fait tourner son frère en bourrique. Ce qui n'était guère difficile : il lui suffisait de tricher un peu... comme aujourd'hui !

Quel est donc le repas le plus délicieux de la journée ? Demandez-le aux couples amoureux, ils seront unanimes : c'est sans conteste le petit déjeuner – le *p'tit déj'*, le breakfast, l'instant thé ou café – du fait qu'il n'impose aucune contrainte, qu'il est d'ordinaire intime et souvent joyeux.

Ce doit être le cas pour Laurraine et Ulysse assis côte à côte sur le banc de pierre : adossés à la maison, leur tasse à la main, ils semblent le savourer.

– Tu ne le trouves pas trop léger ? s'inquiète Laurraine.

– Non, non, je vous assure, il est très bon.

– Pourtant, le café qui vient d'Abyssinie est le plus fort de tous… C'est d'ailleurs pour l'Abyssinie qu'est parti Rimbaud quand il en a eu marre des brouillards d'ici… Comment disait-il, déjà ? *L'Europe aux anciens parapets*…

— Il s'était réfugié chez nous, au Harrar… J'ai lu ses poèmes et je les aime. Vous aussi ?

— Tu ne pourrais pas me tutoyer ? Après tout, je suis ta mère…

Ulysse rejette la tête en arrière et rit de toutes ses dents :

— J'aimerais bien que vous le soyez, mais je n'en suis pas vraiment convaincu… Pas plus que ne l'est votre belle-sœur Évelyne ! Quand elle me regarde, on dirait un serpent dressé sur sa queue…

— C'est qu'elle a peur !

— C'est pour ça qu'elle siffle, comme tous les serpents qui ont peur… Ils n'en restent pas moins des serpents… Mais de quoi a-t-elle peur ?

— Que tu lui prennes son argent.

— Je ne suis pas un braqueur… En tout cas, ça n'est pas pour forcer les coffres-forts que vous m'avez engagé !

– Je t'ai fait venir pour forcer les cœurs... Et tu t'en acquittes à merveille.

– En dehors de madame Jéromine qui me veut du bien et me fait des petits plats, pour ce qui est des autres...

– Il y a aussi l'oncle Robien qui t'a de plus en plus à la bonne.

– C'est un homme qui souffre de ne pas avoir eu d'enfant... Il cherche à s'en procurer un avec ce qui lui tombe sous la main – c'est-à-dire moi... Il est passionnant, votre oncle, il m'apprend un tas de choses et j'en profite...

– C'est pour ça qu'il t'apprécie : il a besoin de transmettre, et personne ne veut de ce qu'il a à donner, si ce n'est son fric !

– Quand j'ai reçu votre mail : *Cherche jeune homme pour capter héritage vieux monsieur en perte de vitesse*, je n'en croyais pas mes yeux. Ça m'a paru d'un cynisme !

– En fait, le cynique, c'est toi : pourquoi as-tu accepté ?

– Je désirais venir en France, j'étais coincé en Grèce, je n'avais plus un sou vaillant, plus de boulot… Et puis, vous avez inséré une photo de vous, que j'ai trouvée pas mal du tout…

– Un peu rajeunie, peut-être…

– Non.

– C'est en te voyant à la gare que j'ai compris pourquoi toi, tu n'avais pas mis ta photo !

– Vous avez reculé d'un pas quand vous m'avez vu avec la pancarte sur laquelle j'avais inscrit : « ULYSSE »… Moi je vous avais forcément reconnue, à cause de la photo, et je me suis dit : « Ça y est, elle va se défiler… Elle va dénoncer notre contrat sans même oser m'adresser la parole, parce que je suis noir… »

– Tu étais terrorisé ?

– Pas vraiment, j'avais réussi mon coup : grâce à vous, j'étais en France. En France profonde, même. La petite gare de Condignac m'a fait penser à la chanson de Trénet : *Douce France*…

Laurraine reprend :

– ... *cher pays de mon enfance* ! Ça n'est pas trop dur, pour toi ?

– D'être ici ? Sûrement pas, j'adore !

– Je veux dire : de faire semblant...

– Semblant de quoi ?

– Voyons : que je sois ta mère !

– Là d'où je viens, toutes les femmes en âge d'être votre mère sont votre mère... Pour moi, vous n'êtes qu'une mère de plus !

– Mais, avec moi, c'est différent !

– Parce que vous êtes blanche ? Plus on a la peau noire, plus on rêve de blancheur : c'est comme une nouvelle terre, un lever de soleil, une ligne plus claire à l'horizon...

Laurraine devient pensive :

– Giraudoux appelait ça l'aurore... Moi aussi, grâce à toi qui es noir, je vois se dessiner une ligne dorée...

– Vous voulez dire : une ligne d'argent !

– Une remise en ordre. Enfin je vais pouvoir prendre ma vraie place dans cette famille et y être considérée. Tu te rends compte de ce que tu m'apportes ?

– Dites-le-moi.

— Tu me fais mère !

— C'est bien. Je vais pouvoir m'en aller, maintenant que vous l'êtes...

— Tu veux t'en aller, pourquoi ?

— Il faut bien que je gagne ma vie.

— Mais tu es en train de la gagner : dès que j'aurai hérité, tu recevras ta part.

— Vous voulez dire : dès que le vieux monsieur sera mort ? Je ne veux pas gagner ma vie en tablant sur la mort de quelqu'un...

— Nous vivons tous en pensant à la mort, la nôtre ou celle des autres... L'oncle Robien, lui, pense à la sienne, à sa succession, à son héritage ; il a envie de mourir rasséréné sur l'avenir de ses biens, et toi, tu lui fais ce cadeau : tu le rassures...

— Je ne vois pas en quoi ça peut rassurer ce monsieur tout blanc de penser que ses affaires vont peut-être passer entre des mains toutes noires...

— Dis-toi aussi que ça l'amuse !

— Je ne me trouve pas du tout marrant.

— Ce qui l'amuse, c'est de jouer un mauvais tour...

Ulysse s'irrite :

– Je ne savais pas que j'en étais un ! J'en apprends bien trop sur moi-même, chez vous ! Je tiens à m'en aller !

– Accorde-nous encore quelques jours…

– Pour quoi faire ?

– Pour que l'oncle Robien ait eu le temps de refaire son testament… Il en parle… Attention, le voici qui arrive. Promets-moi…

– De quoi ?

– De continuer.

– À faire le noir ?

– À faire mon fils.

– L'enfant à héritage ?

– Si tu veux…

– Et vous me donnerez quoi, en échange ?

– Que veux-tu ?

Il la regarde longuement :

– Je vous le dirai plus tard.

On entend la voix de Robien qui appelle du haut du perron :

– Hou-hou, les enfants, où êtes-vous ?

Laurraine répond d'une voix forte pour qu'il entende :

– Dans le jardin, mon oncle. Ne bouge pas, on te rejoint...
Plus bas, à Ulysse :
– Promets-moi aussi...
– Quoi encore ?
– D'être heureux, quoi qu'il arrive...
– Quand je suis avec vous, c'est facile !

Lorsque Laurraine, suivie d'Ulysse, pénètre dans le grand salon où les attend Robien de Condignac, ils sont saisis par l'inquiétude : le vieux monsieur est comme effondré non pas dans son fauteuil, mais sur une banquette sans dossier qu'il n'utilise jamais, sa canne entre les jambes, le menton sur le pommeau.

– Que se passe-t-il, oncle Robien, tu ne te sens pas bien ?

– Ce sont eux qui ne vont pas bien…

– Qui ça, eux ?

– Évelyne et Charles.

– Que leur est-il arrivé ? Un accident ? Je ne les ai pas vus, ce matin.

– Pire que ça : Charles divorce !

– Mais d'avec qui ? demande Laurraine, sous le choc.

– D'avec qui veux-tu ? D'avec Évelyne, sa femme...

– Votre neveu répudie sa femme ? s'étonne Ulysse. Pourtant, elle lui a donné des enfants. Certes, ils n'ont pas de fils, mais elle peut encore, elle semble jeune et ne doit pas être stérile. Chez nous, il n'y a que les femmes non fécondes ou qui ne le sont plus qu'on renvoie.

Laurraine le coupe :

– Eh bien, chez nous, quand on divorce, c'est parce qu'on veut en épouser une autre ! Il y en a donc une autre ?

L'oncle hausse les épaules en signe d'ignorance et de lassitude :

– Charles ne m'a rien dit de la sorte... Seulement qu'ils étaient tout à fait d'accord pour se séparer...

– Bizarre..., marmonne Laurraine en se laissant tomber sur la banquette aux côtés de son oncle. Je ne comprends pas : quand on est à ce point d'accord, on ne se sépare pas... À moins d'une bonne raison, d'une raison monumentale ! Tu es sûr et certain que tu ne la connais pas ?

– J'ai convoqué Charles pour tâcher de savoir de quoi il retourne, il va venir, mais je préfère aller me coucher : les discordes, ça me tue... Accompagne-moi, Ulysse, tu m'aideras à grimper l'escalier... Laurraine, je te laisse avec ton frère, débrouille-moi ce mystère, si tu le peux...

L'oncle blanc et le neveu noir s'en vont cahin-caha, bras dessus bras dessous, et leur couple émeut Laurraine. Cette amitié, elle sent qu'elle est spontanée, au-delà de toute considération de quelque ordre que ce soit. Tous deux se comprennent, s'apprécient et, au fond, se fichent du reste.

Restée seule, elle va et vient, déconcertée par la nouvelle : il ne peut s'agir que d'une manigance, forcément dirigée contre elle... En fait, la réponse du berger à la bergère, ce qui la met d'autant plus mal à l'aise qu'elle l'a cherchée en se jouant des siens.

Charles entre sans frapper (personne ne frappe avant de pénétrer dans le salon pas plus qu'à la cuisine) :

— Ah, tu es là !

— Oui, oncle Robien est allé se coucher.. Tu l'as secoué !

— Je le suis aussi.

— Qu'est-ce que c'est que cette histoire de divorce ? Une lubie ?

— Ça ne vient pas de moi, mais d'elle : d'Évelyne !

— Je ne te crois pas.

— Je t'assure que si.

— Que lui arrive-t-il ? Elle te trompe ?

— C'est bien possible.

— Ça n'est pas une réponse : c'est oui ou c'est non !... On ne divorce pas que sur des soupçons...

— En fait, Évelyne est tombée amoureuse d'un autre et veut l'épouser !

— Et il s'appelle comment, dois-je dire le séducteur ou l'heureux élu ? Je le connais ?

— Attends, la voici...

Qui disait qu'on peut deviner quel est le nouvel amant d'une femme rien qu'à la façon dont elle change brusquement de comportement, de façon de s'habiller, de langage ? En dépit d'une certaine corpulence due à sa triple maternité, Évelyne est habillée en très jeune fille, presque en Lolita : jupe à volants au-dessus du genou, ballerines, T-shirt sans manches, tatouage sur l'épaule, cheveux courts à deux tons coiffés à la diable... En fait, méconnaissable !

Laurraine commence par mettre la main sur sa bouche comme fait toute personne en proie à la stupeur, puis elle pouffe en tournant autour de sa belle-sœur :

– Non, ne me dis pas qu'il a cent ans, ton nouveau jules...

– Pourquoi, cent ans ? grince Évelyne d'un ton pincé.

– À cause de ton *look* ! Quand une femme se déguise en fillette, c'est qu'elle a un vieux en vue ou dans sa vie...

– Je n'ai personne en vue, je redeviens moi, c'est tout.

– Je te préférais quand tu étais... une autre !

– Dois-je prendre ta remarque pour un compliment postdaté ?

– Plutôt comme un avertissement : Charles est mon frère ; même s'il nous arrive de nous disputer, je ne te laisserai pas le faire souffrir...

– Mais Charles ne souffre pas, il est d'accord ave moi ! N'est-ce pas, Charles ?

– Ton mari approuve cette mascarade ?

– Charles sait très bien ce qu'il y a dans le fond de mon cœur.

– Parce que tu as un cœur, sous ta mini ?

– Ce n'est pas contre lui que je divorce.

– Tu ne vas pas me faire croire que c'est pour son bien que tu quittes ton mari ?

– Qui sait...

Désemparée, mains ouvertes, doigts écartés, Laurraine se tourne vers son frère :

– Charles, dis quelque chose, explique-moi cette énigme !

– C'est une idée d'Évelyne...

– ... devant laquelle tu t'inclines sans protester !

Laurraine, colère, revient à sa belle-sœur :

– Ma chère, quand on a un mari aussi complaisant, on ne le quitte pas, tu m'entends, jamais ! Je préfère m'en aller... Je vais aller retrouver mon fils ; lui, au moins, est quelqu'un de sain... Il ne me quittera pas sous prétexte qu'il m'aime !

Elle sort en claquant la porte.

Restés seuls, Charles et Évelyne se regardent. Ni l'un ni l'autre ne sourient, ils ont plutôt l'air préoccupés. Évelyne tâte sa tête et ses cheveux en brosse comme quelqu'un qui n'est pas encore habitué à sa nouvelle coiffure, puis elle tire sur sa mini qui ne rallonge pas pour autant.

– Tu crois qu'elle se doute de quelque chose ?

– Oui, mais elle ne sait pas de quoi, et c'est ce qui l'exaspère ! L'oncle Robien non plus : il est allé se coucher parce qu'il n'en pouvait plus d'énervement !

— Tu crois que ça risque de l'achever ?

— J'espère bien que non, puisque rien n'est encore réglé.

— Tu as bien fait de te révolter quand le notaire t'a appris que l'oncle refaisait son testament pour laisser sa fortune pour moitié à Laurraine et à Ulysse !

— Il y a de quoi, non ? Ce *black* ne lui est rien : un usurpateur... Quant à ma sœur, c'est une grue doublée d'une menteuse ! Beaux héritiers que voilà !

— Heureusement que le notaire nous a prévenus...

— Ce n'est pas conforme à la déontologie, mais il ne supportait pas que l'oncle soit revenu sur le don du vase de Sèvres... Comme il n'y a pas de legs possible entre un client et son notaire, ça ne pouvait se faire qu'en sous-main. Or le Sèvres a disparu !

— Il faut que nous obtenions que l'oncle change d'avis pour ce qui est de sa succession... Je te plais comme ça ?

Et de se mettre à tournoyer, bras écartés, sur la pointe de ses ballerines.

– Vas-y franco, ma poupée : tu portes magnifiquement nos couleurs, aux enfants et à moi ! Viens que je te bise !

Et les futurs divorcés de s'étreindre avec fougue.

Une fois encore, c'est dans l'escalier que se produit ce qu'en l'occurrence on peut appeler l'« événement » : la rencontre entre Ulysse, qui vient d'aider monsieur de Condignac à regagner sa chambre, et Évelyne, la nouvelle « Lolita ».

D'autant plus estomaqué qu'il ne voit d'abord que la figure de la « fillette » – c'est seulement lorsqu'elle l'a dépassé qu'en se retournant il peut découvrir le reste : la « mini » et même la culotte –, le garçon s'immobilise sur une marche, puis se tourne vers Charles, resté en bas à contempler lui aussi l'ascension d'Évelyne :

– Qui est cette jeune personne ? La nouvelle infirmière ? Votre dernière conquête ?

– Je pourrais faire comme Laurraine et vous dire que c'est ma fille perdue et retrouvée, mais moi, je ne me complais pas dans le mensonge…

– Qui peut bien aimer le mensonge, sauf…

– Sauf ?

– Ceux qui ont des espérances… Un bien beau mot, l'espérance, pour recouvrir de bien vilains sentiments !

– Ceux qui n'ont pas d'enfants ne peuvent pas comprendre…

– Je crois au contraire qu'ils ont la vue plus perçante. J'ai constaté que les coffres-forts ne suivent pas les corbillards. En revanche, il arrive qu'ils vous entraînent droit en enfer, comme des pierres au cou…

Se faire administrer une leçon de morale, chez soi ou presque, par quelqu'un qui ne fait à l'évidence que débarquer ? Charles s'emporte :

– Parle pour toi, mon neveu ! Lequel de nous deux court après un coffre-fort auquel il n'a aucun droit ? Ni par la loi ni par le cœur...

Ulysse a redescendu l'escalier, il est au même niveau que Charles, quoique plus grand, et tend vers lui ses paumes largement ouvertes :

– Regarde mes mains, oncle blanc, elles sont vides et je peux t'assurer qu'elles le resteront !

– Alors, que fais-tu là ?

– Je vais tenter ma chance...

– Ah, tu avoues enfin !

– Ma chance sur la scène d'amour... J'espère que je serai bon dans le rôle. Je ne m'y suis guère employé, jusque-là. On va voir...

Charles se tait : a-t-il bien compris ? Il se le demande, en tout cas l'espère. Ce serait trop beau ! La récompense de tous leurs efforts, à Évelyne et à lui !

Mais pourquoi Ulysse suit-il pas à pas Jéromine qui époussète un à un les meubles du grand salon, traquant les « moutons » sous les fauteuils, le long des plinthes, les toiles d'araignées dans les encoignures, les traces de doigts autour des poignées de portes ? La vieille femme finit par lui poser la question :

– Qu'est-ce que t'as, mon garçon, à coller comme ça à mon dos ? T'as jamais vu faire la poussière ?

– Chez nous, il n'y a rien à épousseter… sauf la vie !

– On ne nettoie pas, par chez toi ?

– Seulement le sol… Il est toujours sale, alors les femmes le lavent sans cesse, ou plutôt le balaient. J'ai tout le temps vu ma mère frotter par terre comme si elle tentait d'effacer...

— Des traces de pas ?

— Les pas des vivants, mais peut-être aussi ceux des morts.

— Parce que les morts continuent de fréquenter vos maisons ? Chez nous, quand ça arrive, on appelle ça des fantômes, et on leur abandonne la place vite fait !

— Ils ne sont pas sages, vos morts ?

— Pas tous. Dans le doute, on a un truc pour avoir la paix : on les porte au cimetière et on pose une grosse pierre dessus...

— Pour les faire taire ?

— Pour qu'ils aient une maison à eux ! On appelle ça la « dernière demeure », on l'entretient, on y dépose des fleurs, des photos, des statues. Comme ça, on peut vivre tranquilles... Tiens, tu me fais dire des bêtises ! Passe-moi plutôt mon balai qu'est dans le coin...

— Vous croyez que l'oncle va bientôt y aller, dans sa dernière maison ?

– Avec lui, on ne sait jamais... Il aime faire marronner les gens, c'est sa façon de les faire bisquer, je veux dire : de les emmerder... T'as vu la sale blague qu'il nous prépare avec l'Évelyne ?

– Vous êtes sûre que c'est une blague ? Chez moi, quand un vieux se prend une femme plus jeune, c'est pour se réincarner dans un enfant...

– Quels sauvages vous faites !

– Hé, pourquoi vous dites ça, madame Jéromine ? Nous, on ne s'étripe pas pour l'héritage, tout est décidé à l'avance par la loi des ancêtres.

– N'empêche que vous trouvez plus important d'être homme qu'être femme, et d'avoir des fils plutôt que des filles. C'est pas des idées de sauvages, ça ?

– Mais, chez vous, voyez comme on traite cette pauvre Laurraine sous prétexte qu'elle est vide. C'est pas mieux...

– Pour sûr qu'ils se préparent à lui jouer un tour de cochon, Charles et sa gonzesse ! Quand je pense que la garce s'est mis en tête de se faire épouser par notre pauvre baron pour se glisser dans son lit, le faire mourir d'émotions, et tout hériter dans la loi... Quels vampires !

— On peut essayer de l'en empêcher.

— Qui ferait ça ?

— Eh bien, moi !

— En leur jetant un de tes mauvais sorts ?

— Chez nous, tout le monde est sorcier, il suffit de s'y mettre...

— Alors, mets-y-toi, mon bonhomme, car ça presse... Tiens, v'là le carnaval qui se ramène !

Jéromine, qui maniait énergiquement balayette et plumeau à quatre pattes, se redresse d'un coup en entendant le clic-clac de la canne de monsieur de Condignac sur la terrasse. Les mains sur les hanches, l'air sévère, elle se tourne vers la porte-fenêtre, et, confondue par le spectacle, interpelle Ulysse en se moquant bien d'être entendue des arrivants.

— Non, mais regarde ce qui nous débarque là, si c'est pas malheureux ! Un vieux tout embobiné dans du fil qu'est même pas très blanc...

Robien, le chapeau de guingois, et Évelyne qui lui a pris sa canne avec laquelle elle décrit des moulinets, entrent en zigzaguant au bras l'un de l'autre. Tous deux chantonnent avec une alacrité de pochards : *C'est la java bleue, celle qui ensorcelle...*

– Ensorcelé, c'est bien vrai qu'il l'est, ce pauvre monsieur... Bien malin qui réussira à le tirer de là !

– Attendez que je m'y mette, madame Jéromine !

Ulysse s'approche du couple enlacé et, avec adresse et élégance, les sépare pour s'immiscer entre eux deux. Puis, les tenant chacun par un bras, il amorce un petit pas de claquettes... Robien, qui ne peut suivre, tombe sur le canapé, heureusement proche. Mais Évelyne, entraînée, poursuit la danse avec le jeune Africain qui, allant de meuble en meuble, y joue du tamtam, sa cavalière riant et applaudissant derrière lui...

Entre Laurraine qui s'immobilise sur le pas de la porte aux côtés de Jéromine.

– Mais qu'est-ce qui se passe, ici ?

Sans interrompre son manège, Ulysse vient à elle, tout sourires :

– Une saga africaine, Maman ! Venez danser avec nous, vous verrez comme ça fait du bien !

Mais Laurraine ne l'entend pas de cette oreille, elle a l'air toute troublée, et même fort ennuyée :

– Il faut que je parle à l'oncle Robien ! Où est-il ?

– Là, sur le canapé, à faire le mort... Mais votre présence va sûrement le ressusciter ! On vous laisse exercer votre charme ! Vous venez, tante Évelyne ? On va faire un tour au jardin, nous deux !

Et de saisir par la taille Évelyne qui se suspend à son cou des deux bras :

– S'il te plaît, ne m'appelle plus jamais « tante », ce n'est vraiment pas de mon âge !

Ulysse la pousse comme il peut vers la terrasse :

– Viens par là, ma belle blonde !

– Ils ont bu, ou quoi ? demande Laurraine, étonnée de les voir tituber.

– Oui, répond Jéromine qui rit sous cape. Une potion magique ! Si vous voulez parler à l'oncle, il va falloir le secouer ; il n'en peut plus de ce qu'on lui fait faire, le pauvre...

– Prépare-nous du café, Jéromine, je ne voudrais pas que l'oncle passe avant de...

– Avant quoi ?

– Avant d'avoir compris qu'Évelyne le mène en bateau, que dis-je, en croisière...

– Vous ne préférez pas le laisser mourir en paix ?

– À quoi sert-il de mourir en paix si c'est pour se consumer en regrets éternels...? Mais qu'est-ce qu'ils ont, ces deux diables ? Tu les entends ?

Du jardin montent les voix d'Évelyne et d'Ulysse chantant dans un chœur approximatif : *Il est cocu, le chef de gare...*

– Je n'aurais jamais cru ça d'Ulysse ; il me déçoit, il avait jusqu'ici montré des manières...

– C'est un bon garçon, ne vous en faites pas !

– Peut-être, mais s'il continue comme ça, il ne sera plus le mien ! Oncle Robien, réveille-toi ! Ça n'est pas le moment de roupiller, on est encerclés !

Le chapeau de traviole sur la tête, le menton sur la poitrine, le vieil homme ronfle avec tout ce qu'il lui reste de forces, dans ce qui paraît être une transe de bonheur.

Il n'y a pas que les paroles pour circuler à foison au sein des familles, il y a aussi des écrits. Les uns sont anodins : ainsi des Post-it, ces petits papiers de couleur qu'on colle un peu partout, sur les meubles, le frigo, les miroirs, parfois même les vêtements, où s'affichent conseils, listes de commissions, récriminations (« Tu ne pourrais pas ranger tes souliers... ? ») D'autres sont beaucoup plus sérieux : ainsi les archives, tout ce qui concerne le passé de la famille, les actes notariés scellant les épousailles, les donations, les contrats d'un ordre ou d'un autre, les fermages s'il y en a, l'achat ou la vente de meubles et d'immeubles... À ne pas égarer !

Il y a aussi, chez ceux qui ont l'esprit de conservation, le monceau des lettres privées, ce courrier d'amour ou de haine que l'on s'envoie de génération en génération et qui jaunit dans les tiroirs quand il ne se trouve personne pour le brûler.

Enfin – et c'est à eux qu'en ce moment Laurraine a affaire –, les actes engageant l'avenir : les papiers que vient de rédiger et d'apporter Me Godot, le notaire, pour que monsieur de Condignac les paraphe – ou se refuse à les avaliser.

Tandis qu'elle les parcourt, sourcils froncés, en émettant par moments un petit cri d'agacement, Ulysse va et vient devant le bureau où sa « mère » est assise.

– Quelle comédie ! s'exclame-t-il.

– Je ne te le fais pas dire, mon garçon...

– Il va falloir supporter ça longtemps ?

– Tant que l'oncle n'y aura pas mis un terme en signant son testament une bonne fois pour toutes...

– Mais vous m'avez dit que, d'après la loi, il peut modifier ses dernières volontés jusqu'à la toute dernière minute de son existence... Or, là, avec son projet de mariage, il est en train de vous rendre chèvre ! Et moi avec !

– C'est pour ça qu'il faut l'inciter à faire de son vivant des donations. Celles-ci sont irréversibles, ça n'est pas comme les legs qu'on se propose de faire…

– Vous m'épatez : c'est à croire que vous êtes juriste !

– Tout héritier un peu conscient est bien forcé de le devenir un jour ou l'autre – parfois trop tard. Tu verras !

– Mais je ne veux rien voir du tout ! C'est ce que je déteste, dans votre monde : vous êtes toujours en train de calculer ce qui va se passer après votre disparition ou celle de vos proches… Sans compter que vous semblez convaincus que la mort vous fauchera par rangs d'âge… Qu'est-ce que vous en savez ?

– Ce serait en effet plus pratique et même tout à fait raisonnable si l'on sortait de la vie par ordre d'entrée en scène… Malheureusement, ça n'est pas le cas – et c'est pour faciliter les choses qu'on fait comme si... Tu sais ce qu'est le « *comme si* », toi qui te destines au théâtre ?

— Au théâtre, on sait bien que tout ce qu'on joue est feint : les morts se relèvent pour saluer sitôt le rideau tombé !

— Sauf quand, comme Molière, on meurt sur scène... Une fin splendide, non ? Il a ainsi fait mentir le théâtre qui était toute sa vie !

— Vous trouveriez splendide que l'oncle Robien tombe raide mort au milieu de la méchante pièce de ce mauvais théâtre qu'il est en train de nous jouer ?

— Pour l'instant, il revit grâce à la farce que lui joue Évelyne... Le théâtre peut se révéler une excellente thérapeutique, je ne te l'apprendrai pas...

— Ce n'est pas du théâtre, c'est de la perversion !

Jéromine entre, très agitée, une pelisse fourrée sur le bras :

— Où est monsieur ? Le temps fraîchit, il faut qu'il se couvre ! Il va attraper la mort !

— Il est au jardin avec Évelyne. Ils sont allés donner des sucres aux canards...

– C'est bien ce que je craignais : il devient cinglé...

– C'est de son âge, Jéromine ! Passé quatre-vingts ans, on n'a plus beaucoup le choix : ou on perd la boule et on devient gâteux, ou on perd le sens du ridicule et on joue les jeunesses... ! On peut alors épouser son infirmière, sa gouvernante ou sa nièce...

– Et mourir gentiment dans son lit, demande Ulysse d'un ton glacial, ça n'est pas possible ?

– L'oncle n'y serait pas opposé, mais à condition de n'être pas tout seul au lit !

– Je ne veux pas assister à cette indignité, jette Ulysse ; je préfère m'en aller !

– Moi aussi, acquiesce Jéromine qui, la pelisse toujours sur le bras, s'apprête à tourner les talons quand Robien et Évelyne apparaissent par la porte-fenêtre, amoureusement serrés l'un contre l'autre.

– Quel joli temps, leur lance Robien, que faites-vous donc à moisir à l'intérieur ?

– Nous sommes de vieux croûtons, monsieur, mais je me permets de vous signaler que vous aussi : vous feriez bien de mettre votre manteau, quand vous sortez. Tenez, le voici…

– Mais je ne sors pas, je rentre ! Heureux comme un canard qui vient de se goinfrer de sucre de canne…

– Moi, à ta place, je me méfierais de ce sucre-là !

– Quel sucre ?

– Celui qu'on cherche à te faire avaler, à toi aussi !

– Ma nièce préférée serait-elle jalouse ? Tout le monde a le droit de convoler s'il en a envie, même toi…

– Mon oncle, tu dis ça pour m'effrayer, tu ne vas pas faire ça ! Ce serait monstrueux…

Robien préfère détourner la conversation :

– Qu'est-ce que c'est que ces papiers, là, sur mon bureau ?

– Des donations à signer entre vifs…

– J'ai tout le temps, non ?

– C'est que tu es si vif, en ce moment...

Évelyne, qui le tient par la taille, lui tapote la main :

– Mon bon ami, vous avez raison, ne vous précipitez pas, attendez plutôt le retour de Charles !

– À propos, où est-il, notre cher frère et mari ? s'enquiert Laurraine avec aigreur.

– À Paris, chez l'avocat, pour le divorce...

– Parce que vous persistez ? Oncle Robien, ne les laisse pas faire, c'est un scandale !

– Mais qu'y puis-je ? Ça ne me regarde pas ! Si cette chère petite est malheureuse en ménage, je ne vais pas lui faire la morale ni l'exhorter à continuer à l'être... De toutes les façons, morale et amour n'ont rien à voir...

– Mais tu ne vois pas qu'Évelyne te joue la comédie ?

– Relis tes classiques : *La Divine Comédie*, *La Comédie Humaine*, les *Mémoires* de Casanova, *Les Jeux de l'amour et du hasard*... L'amour, c'est toujours pour de rire... Tu n'as pas envie de t'amuser un peu ? Moi, si… Privilège de l'âge, peut-être… L'amour me distrait ! Sans compter que j'y ai joué toute ma vie et qu'une ultime petite partie ne serait pas pour me déplaire… Ensuite, pffuitt ! Vous vous débrouillerez sans moi pour tout vous partager…

Évelyne l'embrasse sur la joue :

– Mon cher petit Robien…

Robien arbore un sourire radieux :

– Personne ne m'avait appelé son « cher petit Robien » depuis belle lurette… Ça n'a pas de prix, non ? Peu importe que ce soit celle-ci ou une autre qui me le dise, le tout est qu'il y en ait une…

Découragée, Laurraine se laisse tomber sur le fauteuil qui fait face au bureau : « Le pire, dans tout ça, est que le vieux coquin n'est pas dupe ! » Du bras, elle envoie valser les papiers devenus inutiles…

Contrairement à la règle qu'elle s'est toujours fixée en présence de son maître, Jéromine se laisse également tomber sur un siège : « Ce n'est pas une pelisse, c'est une camisole de force qu'il lui faut ! »

Mais rien de rien ne saurait détourner un vieillard de prendre ce qui lui paraît être son ultime plaisir, fût-ce sous les espèces d'une dernière goutte de poison...

Quand on vit dans une maison commune et qu'on souhaite se parler à l'abri des oreilles indiscrètes, il n'est qu'un moyen : partir en rase campagne. C'est ce qu'ont conclu Robien et Laurraine : là où ils se trouvent, aucun arbre, pas même un buisson, rien que des champs et des prés à perte de vue, que longe un chemin champêtre servant aux tracteurs et autres outillages agraires.

Robien s'appuie lourdement sur sa canne pour avancer à pas précautionneux entre les ornières et la pierraille, le cheveu blanc ébouriffé.

– Mais je n'en veux pas ! Qu'est-ce que cette histoire : avoir un enfant, à mon âge ? Je serais ridicule !

— Tant qu'il ne s'agissait que de faire le coq, tu ne parlais pas de ton âge !

— Ça n'a rien à voir...

— Que si ! Pour un homme, ça n'est pas comme pour nous, pauvres femmes ! Vous autres, vous pouvez procréer à n'importe quel âge, et – tiens-toi bien ! – même après votre mort...

— Tu plaisantes !

— Je te jure que non : il suffit de faire congeler son sperme de son vivant...

— Quel manque de savoir-vivre ! Ne pas se donner le mal de faire un enfant soi-même, en laisser le soin à des laborantins...

— Mais, pour l'heure, si j'ai bien compris, tu as donné de ta personne !

— Pas du tout ! Pas au point d'en arriver là ! Qu'est-ce qu'il lui prend, de me monter ce coup-là ?

— Une crise d'*héritite*... Évelyne n'en veut qu'à ton argent, oncle chéri !

— Ah non, pas de « chéri » entre nous... C'est comme ça que les femmes vous appellent quand elles cherchent à vous gober tout cru... Rétrospectivement, ça me donne la chair de poule !

— Réfléchis : si Évelyne s'obstine à déclarer que tu lui as fait un enfant en allant donner du sucre de canne aux canards, c'est pour te fourrer entre les pattes un héritier direct ! Du point de vue légal, c'est imparable : il aura droit à tout, ou presque !

— Mais ils ne sont pas encore divorcés, ce sera un enfant illégitime...

— Charles peut faire un désaveu en paternité... Et plein de gens vous ont vus ensemble, Évelyne et toi...

— Je refuse : je ne veux pas me retrouver avec un nouveau-né sur les bras, je serais la risée de tous...

— J'apprécie ton sens de l'élégance, oncle Robien, mais n'est-il pas un peu tardif ?

— Je demanderai un test d'ADN – je sais encore ce que je fais de mon bas-ventre et je peux te dire qu'en l'occurrence, il n'y est pour rien !

– Si l'enfant est de Charles, qui est ton neveu, il aura forcément de tes gènes ! Tu es cuit !

– Au diable la famille ! Qu'est-ce que je peux faire pour la contrer ? Mourir tout de suite en vous léguant tout, à Ulysse et à toi ?

– Même les enfants posthumes sont des héritiers privilégiés... Je ne vois qu'une solution.

– Laquelle ?

– Dépense tout pendant que tu es encore en vie, joue au casino, va trouver les petites femmes de Pigalle, elles t'aideront !

– Dépenser, je connais, j'ai déjà essayé : c'est bien trop fatigant...

– Alors, bois !

– À la santé de qui ?

– À la tienne, à l'heureux papa que tu vas bientôt être !

– Cette idée me tue ! Rentrons, il faut que je m'allonge...

– Curieux, c'est ce que font tous les futurs pères... Ils se couchent avant l'accouchement ! Voilà que tu te trahis, le chéri de ces dames ! Tu attends bien un heureux événement...

– Mauvaise ! Une chose est sûre : tu n'auras rien de moi, pas un kopeck si tu continues à me faire croire que tu as fait alliance avec Évelyne !

– Mais non, mon oncle, c'est de savoir dans quelle mélasse cette idiote s'est fourrée qui me met en joie ! Elle ne pourra pas s'en sortir, et nous aurons de quoi rigoler ! Rentrons, oui, il se fait tard et tu n'as pas ton manteau... Tu vas te faire attraper par Jéromine !

– Ah celle-là !

– Qu'est-ce qu'elle t'a fait ?

– Rien, justement... Alors qu'elle aurait pu fourrer du bromure dans mon potage, n'importe quelle herbe à dormir, quand elle a vu que je m'étais laissé entortillé !

– Jéromine te respecte trop pour décider de tes agissements à ta place ! Moi aussi, d'ailleurs ! Fais-nous plaisir : revisse-toi la tête sur les épaules...

– Brrr, il commence à faire frisquet ! Vite, à la maison… D'autant qu'il me vient une idée…

Et le vieux monsieur de pivoter sur lui-même comme une girouette qu'une saute de vent fait changer de sens – direction le château !

– C'est quoi, ton idée, mon oncle ?

– *Relooker* le blason des Condignac. Avec une touche de noir, peut-être…

– Tu penses à Ulysse ?

– Si tu n'es pas sa mère, je peux bien essayer d'être son père !

Et de remonter son écharpe jusqu'aux yeux pour dissimuler un drôle de sourire…

Dans le jardinet clos de piquets de châtaigniers, une sorte de potager à l'écart du parc, Évelyne batifole. Elle cueille une tomate, la croque à moitié pour la jeter par-dessus un muret, s'accroupit devant une touffe de graminées, en cueille quelques brins, s'en fait un bouquet qu'elle passe à sa ceinture... Une bergère ? une simple d'esprit ? Ophélie ? Un rôle à transformations, en tout cas, pour tenter de déclencher quelque déclic amoureux chez son compagnon – lequel n'est autre qu'Ulysse.

Ne prétend-on pas qu'il n'est rien de tel que l'amour – en fait, le désir qu'une femme aspire à susciter chez un homme – pour modifier du tout au tout son comportement ?

Mimant la Lolita quand il s'agissait d'émouvoir les sens en perte de vitesse du vieux baron, la femme un peu mûre a dû penser que pour toucher un jeune homme au sommet de sa virilité, mieux valait se muer en femme-femme.

Est-elle sur le point de faire mouche ? Ulysse, en tout cas, semble de plus en plus attiré. Le voici qui s'approche, la prend par la taille, l'embrasse dans le cou, sur les paupières — mais pas sur la bouche —, malaxe un sein, caresse une cuisse...

— Je n'aurais jamais cru que cela puisse m'arriver, soupire la nouvelle désirée.

— Quoi, mon ange ?

— Toi...

— Sûr que ça vous tombe dessus sans prévenir, le désir... Comme un paquet de...

Il hésite à parachever sa pensée lorsque Évelyne le coupe :

— Mais ce n'est pas que du désir, c'est beaucoup mieux !

— Qu'y a-t-il de mieux que le désir ?

– Il y a l'amour ! C'est lui, avec un grand A ! Il t'espérait en moi, tout prêt, comme un ovule qui n'attendait qu'à être fécondé... Tu n'as eu qu'à me toucher la main en dansant, et la chose s'est mise à vivre en moi... C'est que tu as la peau si douce. Quand j'ai fermé les yeux...

– Tu n'as plus vu qu'elle était noire ?

– ... j'ai cru à une peau de bébé ! Elle est encore plus douce que celle de mes filles... Mais quand tu m'as embrassée, fini pour le bébé, j'ai compris que tu étais un homme, un vrai, un mâle... juste pour moi ! Charles va être furieux !

– N'êtes-vous pas en train de divorcer ?

– On devait se remarier dès que j'aurais été veuve... Mais je n'en veux plux de ce cacochyme même archi-richissime ! Tu me comprends ?

– Je vais te faire une proposition...

– Je crois que je la connais, amour : tu veux qu'on aille au lit tout de suite, sans même attendre ce soir ? Tu as raison :

Charles va rentrer et s'il s'aperçoit que je me conduis comme Laurraine...

— Laurraine couche avec des nègres ?

— Laurraine n'a pas d'homme attitré... Moi, j'en ai un, et si je le trompe, il me tuera...

— On tue encore les femmes infidèles, par chez vous ? Bravo, je croyais que ça n'existait plus que chez nous, ou au théâtre, chez Shakespeare... C'est chic de perpétuer la tradition !

— En attendant, c'est bien embêtant... À propos, quelle est au juste ta proposition ?

— C'est tout simple : tu ne divorces plus, tu dis à Charles que tu as changé d'avis, que le jeu de l'héritage n'en vaut pas la chandelle, que tu l'aimes trop pour ça, et tu fais comme si tu étais redevenue très amoureuse...

— Mais c'est de toi que je suis amoureuse !

— Tu fermes les yeux et tu penses à moi... Comme au théâtre !

— Et toi, tu penses à qui ? Tiens, embrasse-moi les yeux ouverts, pour que je le sache !

Ulysse rit, cherche à se défiler :
– Je songe à la nuit qui sera blanche et noire...
– Comme toi et moi ?
– Si tu veux... Bon, d'accord, tu ne divorces plus ?
– Mais qu'allons-nous vivre ensemble, si je reste mariée ?
– Un vaudeville... Ça vaut mieux qu'une tragédie, non ? Rentrons, Jéromine était en train de confectionner un baba à la crème... J'ai envie de partager un gros gâteau avec toi...
– Tu tiens à me faire grossir ? Tu veux peut-être aussi me faire un enfant ?
– Entendu, je t'en ferai un, ce sera l'enfant de l'argent...

Le grand salon est au manoir de Condignac ce que la salle du conseil est aux entreprises, le lieu de culte pour les religieux, l'agora dans les temps antiques, peut-être aussi une salle d'audience ou une scène de théâtre – en tout cas, un endroit clos où l'on peut confronter ses idées, ses humeurs, ses désirs, pour s'y disputer, s'affronter, se brouiller. Éventuellement se réconcilier.

Pour l'heure, Laurraine et Ulysse y sont seuls, pris par des sentiments mitigés. On pourrait même penser qu'ils boudent chacun dans leur coin. Mains derrière le dos, Ulysse contemple les vitrines ; assise devant le bureau de l'oncle, Laurraine y tripote un crayon, l'œil rivé sur le téléphone.

C'est sans se retourner, comme s'il était branché sur elle, qu'Ulysse l'interpelle :

– Vous vous impatientez ?

– Quelle idée...

– Vous voudriez que l'opération soit terminée ? Quand je dis « opération », le mot juste serait dépeçage... Vous savez à quoi vous me faites penser, Maman ?

– Quand nous sommes seuls, je t'ai déjà prié de m'appeler Laurraine.

– À un futur père qui arpente le couloir de la maternité où sa femme est en travail...

– Rédiger ses dernières dispositions chez un notaire n'a rien d'un accouchement...

– Il me semble que si ! Quand tu mets au monde, tu transmets la vie ; quand tu lègues tes biens, là aussi tu transmets de la vie... Vous avez besoin de cet héritage pour subsister...

– Toi de même ! Sinon, tu ne serais pas là.

– Si vous obtenez de l'oncle qu'il me prête de quoi financer mes cours de théâtre, je vous le rembourserai plus tard.

– Si tu as bien joué ton rôle, pas besoin de prêt : tu recevras ton cachet comme tout bon acteur. On sera quittes.

– Ce n'est pas acquis...

– Tu as ma parole.

– Je veux parler du rôle : Évelyne a peut-être mieux joué le sien que moi, le mien... C'est peut-être elle qui, en fausse amoureuse, est en train de l'emporter au finish... On le saura tout à l'heure !

– Toi aussi, tu es dans l'impatience !

– Que se passera-t-il, si vous perdez ?

– Tu referas le barman...

– Et vous ?

– La femme sans enfant.

– Ce n'est pas un rôle, ça, maman Laurraine : c'est un état. Il a d'ailleurs sa grandeur...

– Laquelle ?

– J'écris ton nom : Liberté !

– Ma parole, tu as appris tous les poètes français par cœur !

– Ce sont eux qui m'ont fait, et semblable à vous, Laurraine : libre !

— Si libre que tu serais prêt à t'enchaîner à une femme mariée... Tu as couché avec elle, non ? Charles va être content d'apprendre ça, lui qui revient ce soir...

— Avec en poche une demande de divorce qu'Évelyne va refuser afin d'être mon amante, comme je le lui ai demandé... Ce n'est pas ce que vous vouliez ? Je me prostitue pour vous...

— Combien ?

— Quoi ?

— Tu veux combien pour avoir si bien tiré ton coup ?

— Mais vous ne parlez que d'argent, vous autres ! Pour vous, tout a un prix...

— N'est-ce pas parce que je t'ai payé ton voyage que tu es venu ? Et si tu t'apprêtes à coucher avec la fausse blonde, c'est bien pour la détourner du magot et le partager avec moi, non ?

Ulysse, qui s'est approché d'une fenêtre, appuie son front brûlant contre la vitre :

— Vous me donnez envie...

– Tu as encore envie de quelque chose ? Tu es vraiment insatiable…

– De me pacser avec l'oncle, puis de me faire constituer son héritier universel !

– Tu n'as donc aucune morale, aucune pudeur !

– Pour ce qui est de la morale, ce n'est pas à vous à jouer les professeurs !

– Fous le camp !

– J'en rêve depuis que j'ai mis les pieds ici !

Il se dirige vers la sortie. Laurraine l'interpelle d'une voix claire :

– Il n'y a donc qu'une seule personne à qui tu ne te proposes pas de faire l'amour…

Ulysse s'immobilise sur le pas de la porte.

– Qui ?

– Moi !

À ce moment, on entend un vacarme, des pas précipités ; l'oncle rapplique, suivi de Jéromine. La vieille bonne glapit :

– Ça n'est pas possible, pas possible !

– Tu sais bien que si, Jéromine ; c'est même pour ça que tu es si en colère…

Laurraine s'est levée pour aller à leur rencontre :

– C'est donc fait ! Évelyne divorce et tu l'épouses ?

– Pire, dit l'oncle en gagnant sa bergère dans laquelle il se laisse aller à la renverse au point que ses pieds quittent le sol. Quand je dis pire, en fait c'est mille fois mieux : j'ai un enfant !

– Qu'est-ce que tu nous chantes là ! Évelyne ne peut pas avoir accouché moins de deux mois après son prétendu engrossement...

– Qui te parle d'Évelyne ? J'ai un enfant de moi, un grand, qui doit avoir dans les quarante ans !

– D'où il sort, celui-là : d'Internet, comme Ulysse ?

– Pas du tout, de chez le notaire...

Poings sur les hanches, hors d'elle, Jéromine est rouge à faire craindre une apoplexie :

– De la Maria, cette salope !

Laurraine ouvre de grands yeux, Ulysse renonce à partir pour revenir dans la pièce, tout ouïe !

— Maria ? interroge Laurraine. Je n'en ai jamais entendu parler. C'est qui, celle-là ?

Jéromine ne demande qu'à exploser :

— Vous étiez trop petite ; c'est celle qui m'a précédée dans la maison ! Madame Simone me l'avait bien dit, qu'il y avait du louche, et c'est pour ça qu'elle venait de la foutre à la porte, quand elle m'a engagée... Elle m'a aussitôt prévenue : « Jéromine, *pas ça* avec monsieur — Jéromine fait claquer son ongle contre une de ses dents —, sinon c'est la porte ! » J'ai respecté Madame ; il n'y a jamais rien eu entre moi et monsieur... Pas comme avec la Maria !

Robien semble ne rien entendre, mais monologue d'une voix placide :

— Il paraît qu'il est très bien, mon garçon : un ingénieur... Il ne savait rien, pour nous deux, pas plus que moi... C'est sa mère qui lui a révélé le pot aux roses il y a deux mois, juste avant de trépasser... Il a commencé par ne pas bouger. Mais Maria avait envoyé une lettre à l'étude du notaire d'ici, Mᵉ Godot... Avant de m'en parler, Godot a fait mener une enquête et il est convaincu que l'histoire est plus que plausible. D'autant qu'il a vu et interrogé le garçon : il paraît que c'est mon portrait tout craché. Pas même besoin de test d'ADN ! Tenez, il m'a remis une photo, jugez vous-même... Évidemment, lui, il a des cheveux, sinon... Regardez, mais regardez tous !

Laurraine prend la photo entre ses doigts. Est-ce la ressemblance qui la trouble ? Elle semble comparer ce qu'elle discerne avec l'oncle assis en face d'elle. Puis elle lui restitue le cliché :

– Ça se trafique, les images ; vous devriez demander une expertise...

– C'est fait ! Robert a accepté le principe d'un test ADN. Mais, si on va jusque-là, ce sera pour vous rassurer, vous autres, mes enfants... Pour moi, tout concorde : les dates, le fait qu'il se croyait sans père, vu le silence de sa mère, et cette ressemblance hallucinante… C'est vraiment mon fils, j'ai un fils, un vrai de vrai ! Quel bonheur ! Tu peux me comprendre, toi, Laurraine, puisqu'il t'est arrivé la même chose… enfin, presque ! Ah la vie, la vie, la vie, que de surprises elle vous réserve à condition que vous teniez le coup !

Cette fois, Jéromine s'assoit, comme vidée :

– Moi, je ne sais pas si je vais le tenir encore longtemps, votre coup !

Ulysse s'est mis à rire doucement :

– Et les autres, ils l'ont reçu, le coup ?

– Pas encore. Évelyne est allée à la rencontre de son futur ex-époux, tandis que j'étais chez le notaire. Je m'apprêtais à signer des donations – je comptais bien t'avantager, mon petit Ulysse – quand ce sacré Godot m'a lâché sa bombe ! Il s'inquiétait tellement de ma réaction qu'il avait sorti son cognac, le meilleur… C'est vrai que la nouvelle m'a causé un choc : devenir père quand on a l'âge d'être grand-père, et même arrière…

Laurraine s'est assise aux côtés de Jéromine et s'enquiert d'une voix soudain faiblarde :

— Vous n'en auriez pas encore pour nous, du cognac, oncle Robien ?

Jéromine se lève lourdement :

— Je m'en vais chercher celui de derrière mon placard... Ah la garce, la putain, la salope !

— La pauvre, dit Laurraine sitôt la bonne sortie, la voilà qui se tortille de jalousie, la pire, la posthume ! Dans un cas pareil, il n'y a plus rien à faire, on ne peut même plus se venger !

— Eh bien, moi, c'est à la santé de cette madame Maria que je serais heureux de lever mon verre de cognac ! s'exclame Ulysse. Pour mon compte, je ne suis pas jaloux du tout, je vais même avoir un nouveau cousin : ça se fête ! On le voit quand ?

— Faut d'abord que je le reconnaisse, mais je ne demande que ça : il n'y aura plus de problèmes de succession. Me voici avec un héritier en ligne droite ! Que j'aime la loi, lorsqu'elle simplifie tout !

Jéromine revient avec un plateau sur lequel sont disposés une bouteille sans étiquette – en provenance directe de chez l'éleveur – et cinq verres.

– J'ai mis un verre de plus, c'est pour madame Simone : là où qu'elle est, elle doit avoir besoin de se remettre ! Comme nous, si ce n'est pas pire pour elle de savoir ça, la pauvre !

Se retrouver parmi un groupe de personnes légèrement ou même carrément éméchées, quand on ne l'est pas soi-même, provoque une gêne, quand ce n'est un choc. On ne s'en sort ou ne s'en remet qu'en dénonçant tout bas ou tout haut le désordre qui règne, dès lors qu'on en a identifié la cause. Mais cela aussi peut faire problème, car les vocables servant à qualifier une personne prise de boisson déconcertent par leur quantité, leur diversité autant que par leur poésie... D'« ivre » et « aviné » jusqu'à « gris », « saoul », « pochard », on n'a que l'embarras du choix et chacun puise dans le lexique de l'éthylisme selon son propre degré d'intolérance ou d'indulgence.

– Les voilà *partis*, et bien ! s'exclame Évelyne, élevée chez les sœurs.

Charles, qui a fait son service militaire, est moins délicat :

– Tous en plein cirage ! Quelle bande de soiffards...

Et d'aller de l'un à l'autre dans l'espoir de dénicher un interlocuteur à peu près lucide

– Écoutez-moi, on a quelque chose d'important à vous dire...

Son air solennel ne fait qu'attiser le fou rire général, ce qui achève d'énerver les nouveaux arrivants.

Pour se faire entendre des fêtards, Évelyne grimpe sur une chaise et leur lance en détachant bien ses mots :

– Tout est arrangé... Nous revenons de chez le notaire !

Robien, qu'une dose de cognac, même généreuse, n'affecte guère, reprend le premier son sérieux :

– Ah, le notaire vous a appris... C'est mieux qu'arrangé, c'est réglé ! J'en suis très heureux...

– Moi aussi, mon Robien chéri !
– D'autant qu'il est charmant !
– Qui ça, le notaire ?
– Mais non, mon fils ! Godot ne vous a rien dit ?
– On a seulement parlé du fait que je suis désormais libre, puisque Charles a signé. Vous et moi, nous allons pouvoir célébrer nos fiançailles et préparer dare-dare le contrat de mariage…
– Vous parlez de quel fils ? explose Charles. Ne me dites pas que vous avez adopté Ulysse, cet imposteur ?
– Je t'interdis de traiter mon fils d'imposteur ! proteste Laurraine, la voix embrumée.
– Ce n'est pas lui qui fait dans l'imposture, c'est Laurraine, piaille Évelyne. Mais elle ne nous aura pas comme ça, n'est-ce pas, mon Robien ? Hé, dites quelque chose… Dites-leur qu'entre nous deux, tout va pour le mieux…
– … *Tout va très bien, Madame la marquise…*, fredonne Ulysse, lequel n'a

guère bu, mais n'en a nul besoin pour goûter l'imbroglio.

– Oui, ma petite Évelyne, tout va très bien, car cette fois, c'est sûr : j'ai un véritable fils ! Qui m'est venu si facilement, si gentiment : je n'ai pas eu à l'élever, ni à l'adopter, ni à épouser sa mère, qui est morte. C'est un enfant adultérin, mais, d'après les nouvelles lois, mon héritier légal !

– Mais qui vous l'a fait ?

– Une femme... Jusqu'à présent, un homme a toujours eu besoin d'une femme pour faire un enfant... À présent, celui-ci est grand, il n'a pas eu besoin de moi, c'est moi qui ai besoin de lui...

Charles tape du poing sur la commode :

– Qu'est-ce qu'il nous raconte, ce vieux gâteux ! Il se le serait fabriqué comment, son rejeton ? Avec une poupée gonflable ?

Sur ce, Jéromine s'interpose. Si elle est furieuse, c'est contre les événements du passé, mais elle ne l'est pas contre son maître qu'elle défendra toujours contre vents et marée :

– C'est la Maria qui le lui a fait !
– Qui ça ?
– La bonne qu'était là avant moi… une bonne à tout faire, même le mal !
– Tu veux dire : à faire du bien, Jéromine ! Ce fils-là, on aura beau le retourner dans tous les sens, il est certifié, estampillé, bon pour l'héritage : un joli dénouement qui arrange tout le monde – plus besoin que vous divorciez, mes cocos ! Et buvez un coup afin de vous remettre de votre surprise… Sers-les et ressers-nous, Jéromine.
– *Il est né le Divin Enfant…*, entonne Ulysse tandis que Jéromine va chercher des verres supplémentaires.
– Tu dis vrai, c'est toujours Noël quand un nouvel enfant apparaît dans une famille ! approuve Laurraine en se rapprochant affectueusement du garçon. Pas trop déçu, mon fils ?
– Et vous, mon ex-maman ?
– La grosse déception des vautours rend la mienne délectable… Regarde-les !

Réfugiés chacun à un bout de la pièce comme s'ils ne faisaient plus couple, Charles et Évelyne, bras ballants, se décomposent à vue d'œil.

— Buvons à Robert ! propose Robien en levant son verre. Mais, j'y pense, s'il s'appelle Robert, c'est parce que je me prénomme Robien... Quelle délicate attention de la part de Maria ! Buvons donc aussi à Maria !

— Celle-là, que le diable l'emporte et nous tous avec ! rugit Jéronime en s'étranglant dans son cognac.

Peut-il y avoir une fin aux histoires humaines ? Bien sûr que non ! Même la mort, dont André Malraux a décrété qu'elle transformait la vie en destin, ne parvient pas à en stopper le mouvement. Quelque chose continue d'agir, de se transformer, de muter, d'exercer de l'influence – et ce qui a été d'un être ne cesse jamais vraiment d'exister, fût-ce sous une autre forme.

Ulysse et Laurraine sont peut-être en train d'en prendre conscience à la perspective de leur séparation, déjà pour éviter qu'elle leur soit douloureuse, mais aussi pour qu'elle ne leur apparaisse pas comme un échec.

Le fait est que d'héritage, pffuitt ! Il n'en est présentement plus question ni pour l'un, ni pour l'autre. En la personne de ce fils surgi du néant et reconnu en bonne et due forme, le baron de Condignac tient enfin son légataire. Celui qui ne peut que mettre tout le monde d'accord : un fils est un fils, qu'il soit ou non illégitime. C'est la loi et même si, dans le domaine des successions, elle n'est pas toujours très claire ni très juste, elle l'emporte sur toute autre considération.

Le débat est tranché, à ce qu'il semble.

Ulysse, le faux fils, et Laurraine, la fausse mère, cherchent ainsi à apaiser leur conscience et à oublier leurs rêves d'argent en arpentant la grande allée qui fait le tour du manoir de Condignac, passant successivement devant le perron, la tour d'angle, les cuisines, la véranda, tous lieux qui eurent leur heure de gloire – c'est-à-dire, en fait, d'utilité – au cours de cette course à l'héritage. Cette crise aiguë d'*héritite*, comme continue de la désigner non sans malice le maître de céans.

Face au silence de Laurraine, laquelle, après un premier tour de piste, n'a toujours rien proféré, Ulysse tente une ouverture :

– Contente ?

– Ai-je de quoi l'être ? bougonne Laurraine.

– Tous vos problèmes sont résolus, ou je me trompe ?

– Au profit d'un type avec qui je n'ai en commun aucun souvenir d'enfance ?

– Donc, aucune raison de vous chamailler... Contrairement à ce qui se passe avec votre cher frère... Moins on a de choses à partager, moins on s'engueule, n'est-ce pas ?

– Insinuerais-tu que c'est notre cas, à toi et à moi ?

– Effectivement ; n'étant rien l'un pour l'autre, nous ne pouvons que nous...

– ... séparer ?

– ... nous aimer ! Toutes les luttes qui déchirent le monde en ce moment sont fratricides et territoriales... Comme nous n'avons rien en commun, nous étriper manquerait vraiment de sel !

— Il y a pire que manquer de sel : c'est manquer d'argent...

— L'oncle n'a-t-il pas promis de vous faire une donation immédiate en souvenir de sa chère sœur ?

— Elle me paiera mon voyage de retour, et après ?

— Ça ne marche pas, la photographie ?

— C'est comme l'amour, ça dépend des jours...

— Ça ne marche pas, l'amour ?

— C'est comme la photographie, il y a parfois de bons instantanés.

— J'ai une idée pour vous, madame la photographe... Elle m'est venue après que vous nous avez pris en photo de groupe, tout à l'heure...

— Dis toujours.

— Voilà : vous devriez parcourir la France, éventuellement d'autres pays, pour y portraiturer les familles réunies jusqu'au plus éloigné des arrière-cousins...

– Ça existe, les photographes ambulants, et que je sache, le métier ne nourrit pas son monde...

– La nouveauté serait qu'ensuite, à partir de la photo, vous les fassiez tous parler les uns des autres ; ce serait un flot...

– ... de médisances, de calomnies ?

– De souvenirs, d'histoires, de désirs avortés, d'amour aussi... Et, au bout du compte, vous obtiendriez un livre !

– Qui intéresserait qui ?

– Les intéressés... Ils vous paieraient pour l'avoir, vous verriez ! Les archives familiales, ça vaut de l'or...

– Tu sais que tu as des idées, pour quelqu'un d'aussi jeune ?

– J'ai beaucoup vieilli à vous fréquenter ; je dois avoir le même âge que vous, maintenant, sinon plus !

Et Ulysse de prendre Laurraine sous le bras pour la serrer contre lui. Et elle, de se laisser faire...

En tournant l'angle du château, ils manquent de se cogner à Évelyne. Dans une stricte tenue de voyage, elle ne joue plus les minettes en chaleur :

— Nous partons ; je vous cherchais pour vous dire au revoir.

Laurraine se sent l'envie de se moquer devant la mine constipée de sa belle-sœur :

— Tout est bien qui finit bien ! Tu ne crois pas ?

Le coup porte :

— Tu te fous de moi !

— Pas du tout, il y a longtemps que je n'avais pas vu l'oncle aussi heureux ; il a même rajeuni ! Ce n'était pas ce que tu souhaitais, à le chouchouter comme un bébé ?

— Le pauvre nage dans le bonheur de l'inconscience : sans s'en apercevoir, ce vieil imprudent se fait bouffer tout cru par un lascar qui n'est pas de son monde et qui traîne en plus une ribambelle de gosses auxquels l'oncle ne pourra rien interdire. Dans peu de temps, son Roger ne manquera pas de lui asséner : « Chez toi, Papa, les miens et moi pouvons faire tout ce que nous voulons, puisque nous sommes chez nous ! »

– Dans nos familles traditionnelles, c'est ce que les fils disent à leur mère : « Je suis sorti de toi ; donc, la vieille, tu m'obéis ! »

– Vous, le coureur d'héritage, bouclez-la ! Je vais vous dire : je hais les familles, les vraies aussi bien que les fausses...

– Voilà donc pourquoi tu voulais divorcer ?

– Je le veux toujours !

– Et toujours par amour ?

– Non, par incompatibilité... Je me suis aperçue que Charles ne m'aimait pas, puisqu'il était prêt à me laisser partir, en fait à me vendre en échange de l'héritage ! Je n'en veux plus, de ce mari-là.

Laurraine est prise de panique :

– Évelyne, ne me dis pas qu'une fois divorcée, tu prétendras encore épouser Robien ?

– Et pourquoi pas ? Même père, il est toujours veuf !

Laurraine se laisse tomber sur un banc de pierre :

– Je hais l'argent, je renonce à ses pompes et à ses œuvres !

Ulysse la relève pour la prendre dans ses bras :

– Vous voilà enfin comme je vous aime ! Lavée à grande eau comme les sols de chez nous... Voulez-vous m'épouser ?

Est-ce parce que la Terre est ronde que la race humaine, qui tourne avec elle depuis des millénaires, a acquis l'étrange et joyeuse faculté de toujours rebondir ? Et n'est-il pas symbolique que ce soit un sport de balle qui conquiert d'année en année une plus grande majesté, un plus grand public parmi les peuples les plus divers ?

Pour l'heure, au manoir de Condignac, à l'instar des rois du stade, chacun n'a cessé de courir à toutes jambes et dans toutes les directions pour marquer des points, des buts, changeant de tactique en cas d'échec – et même d'équipe ! Avec, comme pour le sport, la grosse galette en ligne de tir…

Et puis, quelque chose a craqué. Les acteurs du match, les joueurs de l'ultime partie se sont soudain désintéressés pour regarder ailleurs... Comme s'ils avaient reçu un coup sur la tête, une douche froide, ou qu'ils s'étaient trouvés saisis par une illumination subite.

Vers quoi portent-ils maintenant leur regard ? Ont-ils d'ailleurs conscience du changement de leurs objectifs ?

L'oncle Robien tient dans les siennes les deux mains de Laurraine :

– Alors, comme ça, tu nous quittes ? Tu *me* quittes ?

– Vous savez bien qu'une partie de mon cœur reste à Condignac, mais ce n'est pas ici, dans ce trou – pardon, dans votre beau château ! –, que je serais à même de gagner ma vie...

– On pourrait s'arranger.

– Non, mon oncle, je refuse d'être entretenue, j'aspire à mon indépendance, et elle passe par la réussite dans mon métier.

– C'est vrai que ton nouveau projet de livres-photos me paraît intéressant. Et tu vas prendre Ulysse comme assistant ?

– Il faut être deux pour le mener à bien.
– J'ai l'impression qu'il sera un peu plus que ton assistant. Enfin, de fils à amant, la frontière est souvent ténue... Et cette comédie avait assez duré !
– Vous n'y avez jamais cru ?
– Ton Grec abyssin n'avait vraiment rien, mais rien d'un Condignac ! Reste que c'était un bon instrument pour faire lâcher prise aux vautours...
– Vous n'avez plus de raison de leur en vouloir, maintenant qu'il y a Robert...
– Je suis même disposé à les remercier, étant donné le service qu'ils m'ont rendu ! Charles et Évelyne m'ont appris à me méfier de tout et de tout le monde, ce qui n'était pas dans mon tempérament ! Robert héritera certes, mais pas de tout, oh non, pas de tout...
– Auriez-vous d'autres héritiers en vue ?
– Toi, d'abord, en partie, et puis...
– Et puis qui ?
– C'est une surprise ! Je vous attends tous dans un mois, autour d'un bon déjeuner,

pour vous en faire la révélation... D'ici là, cours à tes affaires avec ton amoureux. Et dis-toi que j'approuve pleinement ton choix : plus ils sont jeunes, mieux c'est ! Quoiqu'en ce domaine j'aie appris à mes dépens que chacun fait comme il peut... Ou plutôt comme il trouve !

Ils sont venus, ils sont tous là... Chacun des épisodes de notre vie pourrait se vivre en chanson grâce au génie de l'un ou l'autre de nos poètes-musiciens.

Et si, au château de Condignac, en ce jour d'un bel automne finissant, ce n'est pas une *Mamma* qui les rassemble, le groupe familial a répondu présent à l'appel du patriarche. Ils se sont mis à débarquer en voiture ou par la gare, du voisinage ou de plus loin, pour se retrouver au complet, et, si l'on peut dire, sur les dents...

L'oncle, costume de velours et lavallière, œillet blanc à la boutonnière, les attend dans le salon autour d'une grande flambée crépitant dans l'âtre.

Les premiers à apparaître, Robert et les siens, habillés strictement mais sans recherche, se tiennent avec respect dans un cadre dont on devine qu'il ne leur est pas familier – s'il doit jamais l'être. Les deux enfants, un garçon de douze ans et une fille de dix, ne font pas plus de bruit que des souris, et l'oncle, pour meubler, parle tout seul. En fait, pose des questions :

– Et vos études, ça va ?

Avant même qu'on lui ait répondu, il congratule :

– C'est très bien, venez, que je vous donne à chacun un billet...

Et de sortir de sa poche la récompense monétaire que lui accordait jadis son père à chaque bonne note. Une tradition qu'il est heureux d'être en mesure de perpétuer maintenant qu'il a fils, bru et petits-enfants. C'est à cela que sert la famille, quand elle est de bonne composition : à transmettre us et coutumes de génération en génération...

Puis ce sont Charles et Évelyne, précédés de leurs triplées qui, sitôt entrées dans la pièce, se bousculent pour aller se suspendre au cou de l'oncle, moins par affection que poussées, chacune, par le désir d'arriver avant les deux autres ! Charles gronde, Évelyne crie, mais rien ne peut freiner la compétition, jusqu'à ce que Robert s'interpose :

– Allez-y moins fort, les mômes, vous allez le faire tomber !

Sa glaciale fermeté – chez lui, on ne doit pas rigoler tous les jours – impressionne les déchaînées qui lâchent leur proie. Coup d'œil reconnaissant de Robien à son défenseur.

– Alors, mon oncle, cette surprise ? lance Évelyne qui ne retient plus sa curiosité.

Qu'elle se révèle bonne ou mauvaise pour son clan, elle apprécierait qu'elle ait lieu au détriment de ce Robert qui les a battus sur le poteau sans avoir rien fait d'autre que naître en cachette. Et qui cherche maintenant à mater ses filles, devenues les petites-cousines de ses propres enfants...

– J'attends Laurraine et Ulysse pour la révélation... c'est-à-dire pour passer aux aveux ! lâche l'oncle. Ils m'ont prévenu que leur avion avait eu du retard, mais qu'ils arrivent de Paris en voiture. C'est que c'est loin, l'Abyssinie !

– Les voilà ! s'écrie Charles qui guette par la porte-fenêtre. C'est Ulysse qui conduit la Clio !

– Il n'a pas mis longtemps à jouer au patron, persifle Évelyne. Ça ne m'étonne pas. J'ai toujours senti quel arriviste il était, ce type-là !

Quand le couple s'encadre dans la porte du grand salon, pour l'occasion ouverte à deux battants, c'est Ulysse qui porte les sacs contenant les appareils photographiques.

Exclamations, embrassades, cadeaux africains pour les enfants – en somme, une famille unie !

– Mais où est passée Jéromine ? s'enquiert soudain Laurraine. Je ne l'ai pas vue en entrant... Elle n'est pas malade, au moins ?

– Bien au contraire... Seulement, elle nous prépare un déjeuner de sa façon, sourit

Robien. Elle a absolument tenu à le préparer elle-même. Je lui avais proposé de se faire aider, mais elle n'a rien voulu entendre ! Depuis des années, elle est maîtresse dans sa cuisine – quoi qu'il arrive, elle entend le rester !

– Et où est ta surprise, oncle Robien ?
– Ouvrez l'œil, la voici !

Et c'est Jéromine qui apparaît. Spectaculaire ! Elle s'est mise en dame chic : tailleur de satin noir, escarpins vernis, talons hauts, le collier de perles à trois rangs autour du cou, un gros clip en diamants à son revers, bagues à tous les doigts, cheveux bleuis, maquillage léger mais réussi !

Elle porte toutefois sur le bras un torchon rouge et blanc qui risquerait de déparer s'il n'était griffé Hermès...

Après un coup d'œil sur l'assemblée pour vérifier qu'il ne manque personne, c'est d'une voix forte et tranquille que la belle empanachée interpelle son monde :

– Alors, mes neveux, vous venez manger, oui ou non ? C'est qu'il faut pas le faire attendre, mon soufflé, manquerait plus qu'il vienne à dégonfler !

Ce sont les assistants qui se dégonflent.

– Mais…, commence Évelyne.

Robien lui coupe la parole (rit-il sous cape ? Impossible de le déterminer) :

– Je vous ai tous réunis, mes chers enfants et neveux, pour vous annoncer la grande nouvelle : je me suis remarié ! Avec mademoiselle Jéromine. Et, comme vous pouvez voir, rien n'est changé à la maison : c'est toujours elle qui commande !

Le silence est époustouflant, et, comme personne ne bouge ne fût-ce qu'un petit doigt, le baron reprend d'un ton guilleret, afin de dégeler l'atmosphère :

– En avant, les petits et les grands, fils et neveux, allez tous embrasser votre tante ! Sachez que si je meurs avant elle, ce qui risque de se produire, vu notre différence d'âge, elle sera votre tante à héritage. J'ai pris les mesures voulues, ici comme ailleurs… Alors, hein : affection et respect !

C'est en traînant les pieds que tous se décident à s'approcher d'elle, mais Jéromine les écarte du bras pour leur jeter d'un ton bon enfant :

– Oh, vous fatiguez pas pour les manières... Je vous connais trop bien, un à un, depuis le temps que je vous sers et que je vous torche !... Pressez-vous plutôt, mauvaise troupe – direction : la cuisine ! J'y ai dressé table, ce sera plus facile pour mon service... C'est qu'avec un oncle comme le vôtre, je ne veux pas d'autre fille que moi dans mon intérieur...

L'oncle se hâte sur les pas de sa servante-épouse en se frottant les mains, car il adore le soufflé au fromage, et Jéromine, sous prétexte de préserver sa santé, ne lui en fait pas tous les jours.

Un cortège se forme derrière lui, selon affinités et dans une certaine précipitation, pour bien se placer auprès de la nouvelle maîtresse de maison. C'est que tous ont vite pris la mesure de la situation : Jéromine n'a aucune famille en dehors d'eux... Et l'*héritite*, ça n'est pas comme la varicelle, ça peut s'attraper plusieurs fois !

On dirait même que certains, tels Évelyne et peut-être aussi Charles, démangés, ont commencé à se gratter.

Ulysse n'a cure de ces calculs d'hoirie , il n'a que l'amour en vue et se penche tendrement vers Laurraine :

– Embrasse-moi, ma déshéritée !

DU MÊME AUTEUR

Un été sans histoire, roman, Mercure de France, 1973 ; Folio, 958.
Je m'amuse et je t'aime, roman, Gallimard, 1976.
Grands Cris dans la nuit du couple, roman, Gallimard, 1976 ; Folio, 1359.
La Jalousie, essai, Fayard, 1977 ; rééd., 1994.
Une femme en exil, récit, Grasset, 1979.
Un homme infidèle, roman, Grasset, 1980 ; Le Livre de Poche, 5773.
Envoyez la petite musique..., essai, Grasset, 1984 ; Le Livre de Poche, « Biblio/essais », 4079.
Un flingue sous les roses, théâtre, Gallimard, 1985.
La Maison de jade, roman, Grasset, 1986 ; Le Livre de Poche, 6441.
Adieu l'amour, roman, Fayard, 1987 ; Le Livre de Poche, 6523.
Une saison de feuilles, roman, Fayard, 1988 ; Le Livre de Poche, 6663.
Douleur d'août, Grasset, 1988 ; Le Livre de Poche, 6792.
Quelques pas sur la terre, théâtre, Gallimard, 1989.
La Chair de la robe, essai, Fayard, 1989 ; Le Livre de Poche, 6901.
Si aimée, si seule, roman, Fayard, 1990 ; Le Livre de Poche, 6999.
Le Retour du bonheur, essai, Fayard, 1990 ; Le Livre de Poche, 4353.
L'Ami chien, récit, Acropole, 1990 ; Le Livre de Poche, 14913.
On attend les enfants, roman, Fayard, 1991 ; Le Livre de Poche, 9746.
Mère et filles, roman, Fayard, 1992 ; Le Livre de Poche, 9760.
La Femme abandonnée, roman, Fayard, 1992 ; Le Livre de Poche, 13767.
Suzanne et la province, roman, Fayard, 1993 ; Le Livre de Poche, 13624.
Oser écrire, essai, Fayard, 1993.

L'Inondation, récit, Fixot, 1994 ; Le Livre de Poche, 14061.

Ce que m'a appris Françoise Dolto, Fayard, 1994 ; Le Livre de Poche, 14381.

L'Inventaire, roman, Fayard, 1994 ; Le Livre de Poche, 14008.

Une femme heureuse, roman, Fayard, 1995 ; Le Livre de Poche, 14021.

Une soudaine solitude, essai, Fayard, 1995 ; Le Livre de Poche, 14151.

Le Foulard bleu, roman, Fayard, 1996 ; Le Livre de Poche, 14260.

Paroles d'amoureuse, poésie, Fayard, 1996.

Reviens, Simone, suspense, Stock, 1996 ; Le Livre de Poche, 14464.

La Femme en moi, essai, Fayard, 1996 ; Le Livre de Poche, 14507.

Les Amoureux, roman, Fayard, 1997 ; Le Livre de Poche, 14588.

Les amis sont de passage, essai, Fayard, 1997 ; Le Livre de Poche, 14751.

Un bouquet de violettes, suspense, Stock, 1997 ; Le Livre de Poche, 14563.

La Maîtresse de mon mari, roman, Fayard, 1997 ; Le Livre de Poche, 14733.

Un été sans toi, récit, Fayard, 1997 ; Le Livre de Poche, 14670.

Ils l'ont tuée, récit, Stock, 1997 ; Le Livre de Poche, 14488.

Meurtre en thalasso, suspense, Stock, 1998 ; Le Livre de Poche, 14966.

Défense d'aimer, Fayard, 1998 ; Le Livre de Poche, 14814.

Les Plus Belles Lettres d'amour, Albin Michel, 1998.

Théâtre I, En scène pour l'entracte, Fayard, 1998.

Théâtre II, Combien de femmes pour faire un homme ?, Fayard, 1998.

La Mieux Aimée, roman, Fayard, 1998 ; Le Livre de Poche, 14961.

Cet homme est marié, roman, Fayard, 1998 ; Le Livre de Poche, 14870.

Si je vous dis le mot passion..., entretiens, Fayard, 1999.

Trous de mémoire, essai, Fayard, 1999 ; Le Livre de Poche, 15176.
L'Indivision, roman, Fayard, 1999 ; Le Livre de Poche, 15039.
L'Embellisseur, roman, Fayard, 1999 ; Le Livre de Poche, 14984.
Divine Passion, poésie, Fayard, 2000.
J'ai toujours raison, nouvelles, Fayard, 2000 ; Le Livre de Poche, 15306.
Jeu de femme, roman, Fayard, 2000 ; Le Livre de Poche, 15331.
Dans la tempête, roman, Fayard, 2000 ; Le Livre de Poche, 15231.
Nos jours heureux, roman, Fayard, 2000 ; Le Livre de Poche, 15368.
La Maison, récit, Fayard, 2001.
La Femme sans, roman, Fayard, 2001.
Les Chiffons du rêve, nouvelles, Fayard, 2001 ; Le Livre de Poche, 15553.
Deux Femmes en vue, roman, Fayard, 2001 ; Le Livre de Poche, 15421.
L'Amour n'a pas de saison, Fayard, 2002.
Nos enfants si gâtés, roman, Fayard, 2002.
Callas l'extrême, biographie, Michel Lafon, 2002.
Conversations impudiques, essai, Pauvert, 2002.
Dans mon jardin, récit, Fayard, 2003.
La Ronde des âges, roman, Fayard, 2003.
Mes éphémères, Fayard, 2003.
L'Homme de ma vie, Fayard, 2004.
Noces avec la vie, Fayard, 2004.

www.madeleine-chapsal.com

Composé par
PARIS PHOTOCOMPOSITION
75017 Paris

Achevé d'imprimer en février 2005
par **Bussière**
à Saint-Amand-Montrond (Cher)
pour le compte de la librairie Arthème Fayard
75, rue des Saints-Pères - 75006 Paris

35-33-2536-7/01

ISBN 2-213-62336-8

Dépôt légal : février 2005.
N° d'édition : 55695. – N° d'impression : 050189/1.

Imprimé en France